作家で億は稼げません

吉田親司

エムディエヌコーポレーション

まえあがき　――君は生き残ることができるか？

今も昔も、小説家とは憧《あこが》れの職業であり、志望者には事欠きません。文壇や文化人という響きは華々しさと重厚感に満ちていますし、傍目《はため》にはそれにマッチした年収を得ているように見えるのでしょう。

たしかに「億を稼いでいる小説家」は実在します。

ハードカバーで初版に数万部も刷り、あたりまえのように重版がかかり、過去作は次々に映画化・アニメ化・コミック化され、印税でウッハウハ、ブランドものに外車に競走馬にマンションをジャンジャン買い込み、税務署とは血で血を洗う抗争を繰り広げ、秘書を何人も雇い、愛人を幾人も囲い、出版社のパーティーでは*灰皿を持った編集者がホーミングミサイルよろしく後ろをついてくる、なんて人も知っています。

そのいっぽうで初版が五千部まで減ったと悔しがり、電子書籍の印税が今回は五桁《けた》じゃなくて四桁だったと号泣《ごうきゅう》し、でも今年は県民税が少なくてすみそうだと安堵《あんど》し、SNS（ツィッターやフェイスブック）で連日連夜エゴサーチに冷汗を流し、

灰皿を持った編集者
某ラノベ文庫のパーティーで本当に見た。売れている作家は出版社にとって神なのです。

メールと電話で編集者への売り込みに四苦八苦している人もいます。

もちろん僕は後者です。

申し遅れました。吉田親司《よしだちかし》と申します。

二〇〇一年十月に処女作『**新世界大戦EPISODEⅢ　ACT：1　赤土の皇国**』を発売してから今年（二〇二二年）までに百冊強の小説を上梓《じょうし》しております。

いわゆる専業作家で著述業以外の仕事は一切していません。古風な表現をするならば、筆一本で飯を食ってきたわけです。

ベストセラーも出せていませんが、干されてもいません。定期的に新刊も発売していますし、ちょいちょい過去作が文庫になったりもしています。

と言っても、知らない人が大多数でしょう。つまり、それくらい売れていない小説家ということです。別に僻《ひが》んでいるわけじゃなくて、事実です。

しかし、ここであえてお聞きしたいのですが、皆さんは現役の小説家の名前を何人ご存じでしょうか？

昔からよく知られている大御所や、小説とは別の媒体《ばいたい》でメディアミックスされた売れっ子作家であれば、五人や十人はすぐに名前が出るでしょう。

では、最近デビューした新人の小説家はどうです？　タイトルや表紙なら頭に浮かぶけれど、作家の名前はなかなか出てこない。そんな経験をお持ちではありませんか。

とても悲しい現実ですが、小説家も使い捨ての時代に突入しております。出版社の体力が落ち、新人を育てる余裕がなくなってしまった弊害です。

五年前にブレイクしたお笑い芸人のことを憶えている人は少数派でしょうが、出版界隈《かいわい》も似たような状況に陥《おちい》りつつあります。

いわゆる「なろう系」*からスカウトされる人が増えて以降、それが顕著です。

せっかく華々しく商業デビューしたのに、業界の常識や作法を知らないため、一発屋で消えてしまう作家があまりにも多すぎます。つまり、皆さんが名前を憶える前に新刊が出せなくなってしまうのです。

そして出版社は現状を改善する意識に乏《とぼ》しいようです。小説家とは、今も昔も憧れの職業であり、志望者には事欠かないためです。

なろう系
小説投稿WEBサービスの「小説家になろう」や「カクヨム」などを指す。いわゆる異世界転生モノが主流を占める。

僕は以前からこの状況に強い危機感を抱いていました。

栄枯盛衰は世の定めとはいえ、新人を使い捨てにしていけば、いずれそのジャンルは滅びます。小説家になっても生活費すら稼げず、廃業する新人が続出すれば、やがて読者人口も減少し、出版業界はますます凋落《ちょうらく》してしまうでしょう。

編集側に新人を育成する能力が失われている以上、小説家は自分で生き残りの方法を模索しなければなりません。若い書き手にこれは難題です。

幸いにして、僕には二十年のキャリアがあります。その間に培《つちか》ったノウハウを伝授すれば、新人作家の生存率を上げられるのでは？

本書を*執筆した動機はそれです。

過去に類似した書籍もなくはないのですが、内容は抽象論・観念論・根性論が大半でした。今回、僕は経験を下敷きに具体的な数字を出しながら、どうやって小説家で食べてきたかを披露するつもりです。

本書は単なる小説の書き方の説明書ではありません。理想的なデビューをするにはどうするべきか？　そしてデビューしたあと、どうサバイバルするか？　その戦略・戦術の指南書なのです。

執筆した動機
本書は小説指南本ですが、同時に出版業界のトンデモ話が満載です。作家志望者以外の方にも笑っていただければと。

まず最初に『作家で億は稼げません』などという神をも恐れぬ挑発的な題名をつけてしまった以上、この話題から入らないわけにはいきません。

松《まつ》岡《おか》圭《けい》祐《すけ》さんの『**小説家になって億を稼ごう**』に対する僕のスタンスを述べるところから、稿を起こしたいと思います。

作家で億は稼げません　目次

第2章 原稿に体を張れ

第3章 機械仕掛けの編集者

第4章 フル・メンタル・ジャケット

第5章 出版と欲望

第6章 アイズ・ワイド・オープン

イラスト 速水螺旋人
本文校正 石井三夫

第1章

作家の異常な愛情

果たして億は稼げるか？

まず大前提として、二〇二一年三月に新潮新書より発売された松岡圭祐さんの**『小説家になって億を稼ごう』**（以下『億を稼ごう』[*]と略）は、近年まれに見る名著であります。

新概念〝想造〟を軸にしたストーリーメイキングから、実際に本を出す方法、売れなかったときの対策、出版契約書の重要さ、映像化の際の注意など、稼ぐための実用テクニックが満載です。作家志望者にとってまさに必読の一冊でしょう。

僕は歯噛《はが》みして悔しがりました。トライ・アンド・エラーを繰り返し、四苦八苦して身につけた数々のノウハウが惜しげもなく披露されているのですよ。これから世に出る新人作家が本当に羨《うらや》ましい。こんな素晴らしい指南書が八百八十円で買えちゃうのですから。

しかし、まあ僕も二十年以上の実績と経験を持つ書き手です。創作や売り込み方法に関しては、いちおう一家言あります。及ばずながらも同業者ですので、そ

億を稼ごう
僕の所有している本は、発売後二週間強で、もう重版がかかっている。すごい！

の視線で点検すれば「ここのところはちょっと鵜呑《うの》みにはできないなあ」と思う箇所も散見されます。

そして読むうちに奇妙な既視感を抱いてしまいました。その昔に手にしたとあるハウツー本を思い出したのです。

それは『**10[*]キロならすぐやせられる　食べて飲んで脂肪を落とす9日で10キロ減量法**』というダイエット指南書でした。

著者はガッツ石松《いしまつ》さんです。学生時代から肥満体だった僕は、こうした手合いの本をこっそり買っていたわけですが、読後の感想はこんなふうでした。

「こりゃ痩《や》せるかもしれないけど、ガッツ石松なみの超人的体力がある人にしか無理じゃん。一般人が真似すると死なないまでも健康に重大な影響が出る！」

『億を稼ごう』を読了した直後、あのときと同じ感想が脳裏に渦巻《うずま》いたのです。

「億を稼ぐって、そりゃ松岡先生くらいの才覚に溢《あふ》れた超人じゃないと絶対駄目じゃん。普通の作家にゃ不可能だって！　僕も全然稼いでないし！」

作家生活二十年間の僕の年収を正直に開陳しますと、最高九百二十万円、最低で百九十万円でした（端数切り捨て）。

10キロならすぐ〜
青春出版社刊行。発売は一九八四年十月。ボクシングの世界チャンピオンであるガッツ石松さんの自叙伝としては面白いが、ダイエット本としては、運動と断食と豆腐食を中心とした、かなりハードな内容。

年収*が億ですって？　そんな桁《けた》がこの世に存在するのでせうか……。

思いますに、『億を稼ごう』を読んで本当に億が稼げる人は、なにをやっても成功するだけの天賦《てんぷ》の才覚と強運に満ち溢れた傑物だけでしょう。

プロ野球で言えば元メジャーリーガーのイチローや現役の大谷翔平《おおたにしょうへい》のような超大物選手ですね。日のあたる場所で活躍する彼らには、たしかに誰しもが羨望《せんぼう》を感じてしまいます。

けれども、ですよ。

同じ野球選手でも、メジャーリーグに行けないどころか、二軍と一軍を行ったり来たりしているような選手だって大勢います。彼らの人生は、ただただ悲惨なだけでしょうか？

僕はそうは思いません。好きな野球で収入を得るという途轍《とてつ》もない幸運を手にしているからです。

小説家も同様です。印税も原稿料も安く、食うや食わずの生活をしていても、好きな本を書いて生きていけるのは、本当に贅沢《ぜいたく》な人生だと思います。

「負け惜しみを言うな。趣味と仕事は切り分けろ。趣味がつらくなったら最悪

年収が億
本書が七十五万部以上売れれば、僕の年収は億に届く計算ですが、歩いてイスカンダルに行くほうが、まだ現実味あるかも。

だ。嫌いな仕事をしたほうが人間的に成長できるぞ」

頭ごなしにわかったような口をきく輩《やから》もいましょうが、はっきり言えば、それは嫉妬《しっと》です。好きなことで収入を得ている人間が羨ましくてたまらないのです。

かつての僕がそうだったように、です。

ぶっちゃけた話、『作家で億は稼げません』などというタイトルの本をウッカリと手に取ってしまったあなたは、かなり高い確率で天才ではないと思うのですよ。

しかし、それで正解なんです。

本書は神に愛された天才や、強い運を持って生まれてきたひと向けではありません。そういった御仁は、放っておいても世に出ていくでしょうし、凡才にすぎない僕が教えられることなど、ひとつもございません。

僕がレクチャーしたいのは〝凡才ならではのサバイバル方法〟です。やり方によっては長く戦えます。この本が、天賦の才や運を持って生まれなかった、以前の僕のような小説家志望者の道標《みちしるべ》になればと思います。

まずは本を出せないと意味がありませんから、ベストなデビューの方法を一緒に考えていきましょう。

誰もが新人を求めている

最初に定義から。

小説家には免許*も資格も不要です。自分で小説家だぞと明言すれば、その瞬間からあなたは小説家になれます。

しかしながら、なにか事件を起こして警察に逮捕された際に〝自称小説家〟と報道されては悲しすぎますから、最初に基準を決めましょう。

本書では**「商業出版で一冊でも本を出している人」**だけが小説家と名乗ってもよいことにします。同人誌や自費出版*は除外します。Ｗｅｂサイトで自作を公開しているだけの書き手も同様です。

この本を手に取ってくださったあなたは、小説家たらんと欲しておられるのでしょうから、まずは如何《いか》にして最初の一冊を上梓《じょうし》するか？　その一点に集中して

免許も資格も不要
ついでに資本金と学歴とルックスも不要。

自費出版
つまり、出版社にお金を払って本を作ってもらうこと。

考えていきましょう。

「小説家になりたいけど、どうやったらなれるのですか？」

いちばん多く受けるダイレクトな質問です。二〇二一年夏における僕の返答は、こんな感じでしょうか。

「小説家になりたい人はデビューの方法なんか自分で勉強しているものですよ。僕に聞く段階で『わたしには資料検索能力がありません』って公言しているのと同じじゃありませんか。そんなことでは、とても食べていけないからやめておきなさい。君が親戚だったら殴《なぐ》ってでも止めるレベルです。そこになおれ！　諦《あきら》めろ！　公務員*になれ！　君が！　諦めるまで！　説得を！　やめない！」

……とまあ、そこまでは申しませんが、小説家が浮き草商売であることは事実ですし、昨今の出版不況のなか、小説家を目指すのは蛮勇以外の何物でもありません。

「商売敵《ライバル》を増やしたくないから、そんなことを言うんだろう」

とか邪推しないでください。状況は本当に厳しいのです。

公務員
基本的に副業が禁止されているので、小説家との兼業が難しいポジション。

具体的に数字を書きましょう。十年前まで僕のノベルスは初版一万部が普通でした。価格は九百円前後で、印税は刷り部数の十パーセント。つまり九十万円という計算になります。そこから源泉徴収で一割引かれますから、一冊あたり八十一万円が銀行口座に振り込まれていたわけです。

令和になってから初版は六千部に減っています。定価こそ千円に上がっていますが、これでは手取りが五十四万円。しかも、ノベルスを出してくれる出版社は減るいっぽうです。

*文庫はもっと状況が悪いです。初版七千部刷ってくれたら御《おん》の字《じ》で、四千部というのもありました。定価が七百円としても、本一冊書いて三十万円に届かないことさえあるのです。

僕は何度か専門学校で作家養成講座を受け持ったことがありますが、そこでは「いまは専業作家は無理。兼業作家を目指せ」と断言しているほどです。

しかしながら、あなたが望んで茨《いばら》の道を進むことを決めた勇者である以上、僕も支援は惜しみません。

文庫
僕のラノベでさえ二万も刷っていた時期があったのです。

そもそも、大多数のプロ作家は新人を歓迎しているのです。単純にフレッシュな小説は読みたいですし、それこそデビュー作が大ベストセラーとなり、業界を牽引《けんいん》するくらいに売れてくれれば出版社にも余裕が生まれ、結果として実験的な作品も発刊できるようになります。節税対策の黒字減らしに、僕の小説を出してくれるかもしれませんし……。

プロ作家以上に新人を欲しているのが編集者です。彼らは常に売れる作品を探しています。あなたが作品で本気を示し、少しばかりの運があれば、猛禽《もうきん》のような編集者の視線に捉《とら》えられる日が来るはずです。

スカウトとなろう系

現実的に新人が商業出版で本を出すには大別して三つ*の方法があります。成功の可能性の高いものから並べると、こうなります。

①新人賞を受賞する

三つの方法
過去にはほかにも「作家に弟子入りして編集者を紹介してもらう」という手があったが、さすがに時代遅れ。

②スカウトされる
③出版社に直接売り込む

「新人賞を受賞すれば作家になれるというのは聞き飽《あ》きた。あれは倍率が数千倍でとても無理だ。スカウトか売り込みの方法を教えてくれ」

という声が聞こえてきそうですね。実際、投稿から発表まで半年から一年はかかる新人賞よりも、スカウトや売り込みのほうが採用されれば早く刊行できるというメリットもあります。

では、スカウトされるための基礎情報から。

現在のところ、編集者がスカウトの連絡をしてくるケースは、Ｗｅｂサイトに公開されたあなたの作品を読み、売れると判断した場合です。

つまり「小説家になろう」「カクヨム」「ノベルアップ＋」「アルファポリス」といった小説投稿サイト[*]で、編集者の視線に止まればよいわけです。

とはいえ、簡単な話ではありません。投稿ジャンルにも左右されますが、ライバルは数百から数千、下手《へた》をすれば万単位です。居並ぶ強敵をなぎ倒し、アクセ

小説投稿サイト
この四つ以外にも多数存在。サイト内での新人賞などもあり、もはや百花繚乱状態。

スランキングでトップを獲得してください。近々、編集者からコンタクトがあるはずです。

　これは比喩《ひゆ》や努力目標ではありません。僕は某ライトノベル編集部で、

「内容はなんだっていいですから、なろうで一位取ってからまた来てくださいね」

と半笑いで言われたことがあります。つまり、小説の中身よりもランキングが重要視されるわけです。

　理由は簡単で、いわゆる〝なろう系〟は編集者ではなく、営業サイドから出版を求められているからです。ランキングが上位なら確実に一定の売り上げが見込めますからね。

　Ｗｅｂで、それも無料で読めるのに、なぜ読者はお金を払って紙の本を買ってくれるのでしょう？　理由はいくつかありますが、一種のキャラクターグッズとして購入している層の存在が大きいです。だからこそ、キャッチーなイラストが絶対に必須《ひっす》なわけです。

　言うまでもありませんが、新人はイラストレーターの指定なんかできません。俗に言う〝絵師ガチャ*〟にあたることを祈るだけですね。

ガチャ
己で選べず運任せとなる相手を揶揄した言葉。親ガチャ、教師ガチャ、編集ガチャなど。

そして、編集者が内容を重んじていない以上、小説の中身で勝負することさえできません。可能行動としては時流に乗ることくらいです。ランキング上位圏を日々チェックし、俺*ＴＵＥＥＥ系があたれば便乗し、パーティーから追放されて成り上がり系が流行《はや》れば、さっそく取り入れるといった感じです。

それが本当にあなたの書きたい小説なら、僕は止めません。でもランキングで上位を確保するためだけに、そんなに好きでもない分野に手を伸ばすのは、そのジャンルを真に愛する読者に失礼というものではないでしょうか。

愛がない人が書いたものは総花的《そうばなてき》で薄っぺらくなってしまいます。小説というより消費を前提とした商品に近くなり、いつしか読者も飽きてしまうでしょう。

予測ではなくて現実です。なろう系小説は〝終わったジャンル〟に凋落《ちょうらく》しつつあるのです。書籍化してもかつてほどの売れ行きは期待できず、一巻だけで続きが出ない打ち切りも続出しています。

明らかに粗製乱造の影響です。出版業界が過去に幾度も繰り返してきた悪癖の

俺ＴＵＥＥＥ系
なろう系でトレンドになった無敵キャラを主人公とする作品の通称。

ひとつです。

西村京太郎《にしむらきょうたろう》さんを中心とする時刻表ミステリー。『磯野家の謎』を嚆矢《こうし》とする謎本*。『恋空』などのケータイ小説。そして荒巻義雄*《あらまきよしお》さんの『紺碧《こんぺき》の艦隊』で火がついた架空戦記。

いずれも爆発的に売れ、一大ムーブメントを築き上げましたが、いまでは少数精鋭の根強いファンによって支えられ、かろうじて命脈を保っているだけです。なろう系だけは例外だと誰が断言できましょう。このまま完全消滅こそありえませんが、市場規模は縮小されていくでしょう。

今後スカウトされてデビューし、大成功を収めるのは、新人賞と同等か、それ以上に困難であると結論せざるをえません。

コネを作るのは難しい

では、完成した原稿を出版社に直接売り込む方法はどうでしょうか。

松岡圭祐さんの『億を稼ごう』では、案外お奨《すす》めな方法として紹介されていま

謎本
いわゆるマンガやアニメの考察本のこと。現在でも『進撃の巨人』や『鬼滅の刃』といったメガヒットが生まれるたびに書店に並ぶ。

荒巻義雄
SF作家・評論家。『紺碧の艦隊』で架空戦記ブームを牽引。『ビッグ・ウォーズ』シリーズが大好きです。

すが、正直なところ、これはスカウトされるよりも遥《はる》かに困難です。

採用されれば即座に出版されるでしょうし、編集者イチオシという実績が得られた以上、ある程度の宣伝も期待できます。きっと売り上げも見込めるでしょう。

ところが、ですよ。世の中そう簡単じゃありません。

最初の難関は原稿を提出する編集者と如何にしてコンタクトを取るか、です。『億を稼ごう』ではSNSで編集者を探すように推奨されていますが、令和の御《み》代《よ》でもネット上で職業をオープンにしていない編集者のほうが普通なのです。

僕の担当編集は、過去にお世話になった方を含めて三十人弱といったところですが、SNSで編集者であると宣言し、かつ会社名も明記しているひとは現状で六人です。

作家との連絡にSNSをやっている編集者はいますが、実名を伏せているひとも多く、これでは一見《いちげん》さんにはコンタクトのしようがありません。ネットで編集者の捜索に費やす暇《ひま》があるなら、原稿を書いたほうがいいでしょう。

誰でもいいから*出版社の社員とSNSで知り合いになって、それから編集者に繋《つな》いでもらうという作戦が『億を稼ごう』で紹介されています。しかし、下心

出版社の社員
営業部の社員なら書籍の宣伝ツイートで発見は容易。しかし、そこから編集者までたどり着くのは至難。

があって接近してくるひとはだいたい見抜かれてしまうものです。

ほかにも直接編集部に電話するという方法も掲載されていますが、これには相当な度胸と幸運が必要でしょう。

まず小説家と編集者との連絡は、いまでは九割がメールです。

電話だとどうしても「言った」「言わない」という不毛の争いが生じてしまいますから、それを回避するためにも、編集者は証拠が残るメールを中心に連絡をしてきます。

また意外かもしれませんが、編集者は編集部にいないことも多いです。「いつ電話しても留守」という編集者は、別に居留守を使ってるわけじゃなくて、本当にいないのです。

編集者は激務です。社外での仕事も山のようにあります。社内にいる場合は、編集部のデスクでしかできない仕事に集中しているときがほとんどです。

そこに見ず知らずの相手からいきなり売り込みの電話がかかってきて、嬉《うれ》しいはずがありません。

デビューして二十年が経過している僕でさえ、*編集者に電話する際には、それ

編集者に電話
メールだとあまりに長文になりそうな要件のときだけ電話で連絡しています。

こそＳＮＳで前もって連絡し「今日の十三時ごろお電話したいのですが、十分ほどお時間よろしいでしょうか？」とお伺いを立てているくらいです。

編集者は百戦錬磨の強者《つわもの》揃いです。相手の名前も知らずに電話してくるような輩のあしらい方など熟知しています。面罵《めんば》こそされませんが、体《てい》よくお断りされておしまいでしょう。

少し前に「編集者はプロ作家以上に新人を欲している」と書きましたが、「まだ新人にもなっていない素人の原稿は欲していない」のです。

残酷な現実ですが、あなたが一冊も本を上梓した経験がなければ、出版社は持ち込み原稿をまず絶対に受け取ってくれません。

松岡さんも「面識のない新人の原稿は受け付けないと決めている場合もある。新潮社は受け付けていない」と書いておられますが、実際の話、受け付けているところのほうが圧倒的に少数です。また『億を稼ごう』には「アプローチする出版社は大手*に限ります」とありますが、大手ほどその傾向が顕著です。

僕はデビューしてから三年目に、ライトノベルにも進出しようと試み、ツテを頼ってまだメディアワークスだった頃の電撃文庫編集部に原稿を持ってお邪魔し

大手に限ります
『億を稼ごう』の78頁。松岡氏も売り込みはけっして簡単ではないので、低姿勢に徹するよう明記している。

たのですが、そこではっきり言われました。

「他社とはいえ、吉田には出版の実績があるから原稿を受け取るが、まったくの素人の場合は、たとえ紹介があってもお断りしている」

その前後にお世話になったKADOKAWA、小学館、学習研究社でも同様の返事でした。ある編集者の**「すぐ出版できるような持ち込み原稿が届く確率など天文学的に低い」**という言葉が忘れられません。

最近は日本でも欧米に倣《なら》い、出版エージェント*が活躍しているようです。早い話がお金で編集者との間をやり取りしてくれる仲介業者です。費用はまちまちですが、最低でも数万円から。必ず出版社に売り込みをしてくれるわけではなく、うまくいかなくても返金保証はありません。

お金があって面倒を厭《いと》うひとには好都合かもしれませんが、契約には気をつけてください。**「出版が実現したら印税の何割を頂戴《ちょうだい》します」**と書かれるケースが大半ですので。

僕はエージェントにお願いしたことは一度もありません。口だけ達者で実績の

出版エージェント
本来は小説家が創作に専念できるよう編集者との契約を取り仕切る代理業。

ないプロダクションも散見されますし、なにより稼いだお金は全部自分のものにしたいからです。

どうしても直接的な原稿の売り込みで成功したいのならば、あなた自身に付加価値を持たせる必要があります。

たとえば、「オリンピックのメダリスト」「東大か京大の現役学生」「代議士、医師、弁護士、検事といった高度な専門職に就いている」、あるいは「ライオンや大蛇を個人で飼育している」「ビットコインで億万長者もしくは無一文になった」「*宇宙人に誘拐されたことがある」といった一般市民からかけ離れた経験があれば、編集者もきっと興味を持ってくれるでしょう。

ちなみに『億を稼ごう』の松岡圭祐さんは、かつて催眠術師《さいみんじゅつし》として芸能事務所と契約しておられたそうです。こんな面白すぎる経歴をお持ちなら、そりゃあ、編集者が放ってはおかないでしょう。

だからと言って、自分に付加価値をつけてから持ち込みに行くなど、それこそ冠履顛倒《かんりてんとう》の極致です。あなたは一日も早く小説家になりたいのですから、回り道

宇宙人に誘拐
SF作家のホイットリー・ストリーバーは映画化もされた『コミュニオン』という著作で、そう主張している。

などしている暇はありません。

それに、己に付加価値をつけるのであれば、最高かつ最善の方法があります。

新人賞を受賞することです。

断言してもいいですが、売り込みですぐ刊行が決定するほど素晴らしい原稿であれば、新人賞に応募しても絶対上位に食い込めます。

新人賞は小説家志望者にとって迂遠《うえん》な道程に見えますが、実はその後の生存率の高い王道であるのです。

僕のデビュー方法

「長々と読まされたけど結論は、結局それかよ！　新人賞はわかってない下読みに落とされるし、最後は審査員の好みで受賞者が決まるから嫌《いや》なんだよ！」

という嗟嘆《さたん》の台詞《せりふ》がこっちの耳朶《じだ》を響かせそうですね。お気持ちはよくわかります。僕もあらゆる新人賞に出しまくり落ちまくりでした。恥ずかしながら、この年まで小説に関する賞はなにひとつ受賞しておりません。

「なんだよ。あんたも新人賞取ってねーじゃん！」

まことにおっしゃるとおりで赤面の至りです。ただし、僕はその件を非常に後悔しているのです。新人賞を取らずに業界に飛び込んだ結果、舐《な》めなくてもよい辛酸《しんさん》を味わうハメになりました。あなたには同じ苦労をしてほしくありません。

あまり参考にはならないかもですが、僕が処女作を出すまでの経緯を簡単に書いてみましょう。

小説家になりたいと思った動機は、多分皆さんと似たり寄ったりですから割愛《かつあい》しますが、本格的に勉強を始めたのは十九歳でした。

刺激になったのは、大学のゼミの先輩だった推理作家の石井《いしい》敏弘《としひろ》さんの存在です。

『**風のターン・ロード**』*で第三十三回江戸川乱歩賞を受賞されたとき、石井さんはまだ二十四歳でした。それほど年も違わない郷土のひとが受賞したという現実に、なんだか小説家という存在が身近に感じられ、僕も頑張《がんば》ってみようかという気になったわけです。

風のターン・ロード
一九八七年に講談社より発行され、火曜サスペンス劇場でドラマ化もされた推理小説。

紆余曲折《うよきょくせつ》あってデビューできたのは三十二歳でした。実に十三年もかかったことになります。長年の苦労が実ったというよりは、ずいぶん遠回りをしてしまったという印象です。

前述のとおり二十代は江戸川乱歩賞などメジャーなタイトルに果敢に挑戦し、そして無惨に散華《さんげ》しておりました。当時の原稿はまだ保管してありますが、よくもまあこんなので応募する気になったと自嘲するしかない出来栄《できば》えであり、当然ですが、一次予選すら通りませんでした。下読みの方には、さぞご迷惑をおかけしたと思います。

落選続きのなかで行き着いたのは、**「自分がいちばん書きたいものを書かないと面白くならない。面白くないものが選ばれるわけがない」**というあたりまえすぎる結論でした。

そこで昔から愛読していた架空戦記小説を自分でも書いてみようと思ったわけです。

十三歳の頃に檜山良昭《ひやまよしあき》さんの『**日本本土決戦**』*『**アメリカ本土決戦**』を読み、一筋縄《ひとすじなわ》ではいかない世界観に圧倒されて以降、いつかこうした物語が書ければと

本土決戦シリーズ
架空戦記黎明期の傑作。ほかに『ソ連本土決戦』もある。この三冊で人生が決まりました。

考えていました。

一九九九年当時、架空戦記はブームの終焉《しゅうえん》を迎えつつありましたが、それなりに勢いは残っており、各社がノベルスを争うように出版していました。

なかでも僕が愛読していたのはＫＫベストセラーズが刊行していたワニノベルスでした。その巻末に「**ワニノベルス作品募集**」という案内が掲載されていて、これに応募しようと決めたわけです。

ラインナップから第二次大戦や戦国時代の架空戦記が求められているのは承知していましたが、似通っているものでは先発作品に埋もれてしまいます。そこで未来に舞台を移し、ＳＦ的な戦記を描くことにしました。

当時、僕は八年勤めた情報処理会社をリストラされており、時間だけはあったのです。勢いと情熱だけで書き上げたのは原稿用紙二千枚弱という常識外の大作でした。これではどの新人賞も枚数オーバーで受け付けてくれません。しかし、「ワニノベルス作品募集」の案内には規定枚数がなかったのです。

投稿したのは二〇〇〇年の暮れで、本にできそうだと返事を頂戴したのは翌年の六月末のことです。そして二〇〇一年十月に書店に並んだのが、『**新世界大戦***

新世界大戦
ＥＰＩＳＯＤＥⅢ
火星に追放された日本民族が植民しており、地球に対し独立戦争を仕掛けるという内容。

EPISODEⅢ　ACT：1　赤土の皇国』でした。

本屋さんで自分の本を見つけたとき、ずいぶん嬉しかったのを昨日の出来事のように憶えています。

打ち合わせのなかで担当のマツモリ氏に確認したところ、「ワニノベルス作品募集」には週に一本か二本は原稿が届いていたそうです。

つまり年に五十本以上。僕が知っているかぎり六年は継続して募集していましたから、総計で三百作品超えになるでしょう。

そのなかから書籍化されたのは僕と近衛龍春《このえたつはる》さんの二人だけです。倍率百五十倍以上と狭き門だったわけですが、僕も*近衛さんもその後ずっと新作を出し続けている現実を思えば、先見の明がある登竜門だったのではないでしょうか。

残念なことにＫＫベストセラーズはノベルスの発売をやめてしまいましたが、同様の原稿募集は他社でも時々実施されています。なかでも双葉社の**「*双葉文庫ルーキー大賞」**が好調な様子です。

格好としては一種の公募ですが、「ワニノベルス作品募集」には〆切《しめきり》や厳密な

近衛龍春
小説家。デビュー当初は架空戦国史が中心だったが、現在は主に史実に基づいた歴史小説を発表している。

双葉文庫ルーキー大賞
https://www.futabasha.co.jp/rookie_taisho/

応募要項がないかわりに、印税を除くと賞金がありませんでした。そのため実質は持ち込みだと主張することもできましょう。

前述したとおり、まったくの素人が大手出版社への売り込みを成功させるのは困難ですが、中堅の出版社は比較的フットワークが軽いため、僕のように原稿を読んでもらえる可能性も皆無ではありません。

そして、どんな形でもいいので最初の一冊さえ出してしまえば、次に繋げる手を打つことができるのです。これに関しては詳《くわ》しくあとで述べることにします。

新人賞を逃した罪と罰

どうにか最初の一冊を上梓できた僕でしたが、この世界で食べていくのは困難だと自覚できていたため、まずは取引相手を増やすべく画策を始めました。

新人賞受賞者の場合、一定の期間は他社から本を出してはならないと出版契約で決められている場合が大半ですが、その範疇《はんちゅう》から外《はず》れていたため、あちこちに営業をかけることができたのです。

ほどなくして学習研究社から連絡を頂戴し、打ち合わせのために上京したのですが、その際に担当編集として紹介されたのがハッタ氏でした。

初対面でしたが、僕はそのご尊顔に見覚えがありました。

ずっと愛読していたマンガ誌『***コンバットコミック**』に連載されていた*ラスカルにしおさんの作品に登場するハッチ編集長というキャラクターにそっくりだったのです。

もしやと思い、訊《たず》ねてみますと「それ私ですよ」とのお返事で、それから話が一気に進みました。

僕が*小林源文《こばやしもとふみ》先生の大ファンであることを伝えると、「『コンバットコミック』でも『歴史群像』でも担当しています」と返され、そのご縁で後日、小林先生とも会うことができました。

このときくらいマンガ誌を購読していてよかったと思ったことはありません。

本当に幸運でしたが、それと同時にちょっとショックな出来事もありました。

ハッタ氏と同席していたOサワ編集長にこう言われたのです。

「この『新世界大戦』だけど、歴史群像大賞に出せば賞が取れましたよ」

コンバットコミック
日本出版社刊。一九八五年に創刊され、隔月から月間、季刊と形態を変えながら十六年間も発行を続けたミリタリー漫画専門誌。

ラスカルにしお
ミリタリーマンガ家。『コンバットコミック』で『ユタカテレビ』などを連載。

小林源文
戦争劇画の大家。『街道上の怪物』や『ハッピータイガー』など傑作は数知れず。

もちろんリップサービスだったのでしょうが、歴史群像大賞といえば、富《と》樫《がし》倫《りん》太郎《たろう》さんや藤村《ふじむら》与《よ》一郎《いちろう》さん、柳《やなぎ》広《こう》司《じ》さんや鷹《たか》見《み》一《かず》幸《ゆき》さんといった現在も活躍中の小説家を輩出している新人賞です。大賞受賞者ばかりではなく、佳作や奨励賞からベストセラー作家になった方も多く、当時の最高賞金は百万円でした。

うう……ひゃくまんえん……うう……。

なんだかこう……同窓会*でその昔、気になっていた女の子に「あたし本当は吉田くんのこと好きだったのに」とか言われた気分でした。僕の返事は「いまさらそんなこと言わないでくれ」に尽きるわけですが……。

ここで、新人賞は高額な賞金が頂戴できるだけでなく、小説家としてその後の活路が見いだせることを指摘しておかなければなりません。

出版社としては、手間暇かけて賞金まで出した以上、受賞者には売れる作品をたくさん書いてもらわないと困ります。従ってバックアップも手厚いわけです。デビューした受賞者の、その後の生存率が高い由縁です。

僕の場合は、そうした後《うし》ろ盾《だて》が一切なく、いきなりの自活を強《し》いられました。

同窓会
一度も出席したことはなく、今後も出る気はありません。たぶん血を見ることになりそうですので。

キツくなかったと言えば嘘《うそ》になります。試行錯誤の連続でしたが、まだ生き残っている現実を思えば、講じた手段の中には正解もあったのでしょう。

長々と愚痴めいたことを書きましたが、僕は「ワニノベルス作品募集」に原稿を送り、デビューできたことを一切悔《く》いておりません。

刷り部数も現在では信じられないような数字でしたし、受賞という足枷《あしかせ》がないぶん、逆に立ち回りが楽になり、取引先の拡張に奔走《ほんそう》できたからです。

デビューして数年の間にコスミック出版、白石書店、メディアワークス、早川書房、経済界、有楽出版社、二見書房など*数多くの出版社から新作を刊行することができました。

また学習研究社とも『帝国の聖戦』シリーズをはじめ、長らくお仕事をさせていただきました。ハッタ氏とは現在もなおビジネス上のお付き合いがあり、お互いに年を取ってしまったと嘆き合っております。

なんのコネもなかった僕が、これほど多くの出版社から作品を発表できたのは愛読者の存在があったればこそです。この場を借りて御礼申し上げます。

数多くの出版社
このうち白石書店と有楽出版社は会社がなくなってしまいました。責任を痛感しております……。

しかし、僕は執筆依頼の連絡をただ待っていたわけではありません。生き残るための戦略を組み立て、処女作を出したその日から実行していたのです。

次の章からは凡才ならではのサバイバルの方法を、具体的に伝授していきたいと思います。

第2章

原稿に体を張れ

売れるモノは原稿のみ

小説家を目指すあなたは（出版エージェントを間に挟《はさ》まないかぎり）これ以降は個人事業主として出版社と交渉することになります。

ならば、商品を用意しなければなりません。この場合、売れるモノは完成した小説です。それも長編*だけ。素人の短編小説を買ってくれる出版社は現状で皆無です。

すでに実績がある場合や編集者に信頼されているのであれば、最初は企画書で様子を見るといった手段もありますが、まだプロでないあなたにその資格はありません。小説家になるためには一定のレベルを超える商品、すなわち傑作小説を書き上げ、提出する必要があります。

では、ここではいよいよ小説の書き方をレクチャーしようと思い……ああ、いかんですな。

僕には、そんな資格と資質がないことをすっかり失念しておりました。

長編
最低四百字詰め原稿用紙三百五十枚から五百枚前後の作品。各新人賞もだいたいそのくらい。

ベストセラーを出した経験のない者が小説の技法を教えるなんぞ、噴飯《ふんぱん》ものの極《きわ》みでありましょう。不渡りを出した経営者が『超ウルトラミラクル経営学　倒産寸前でも奇跡のV字回復！』なんて本を出すようなものです。見向きもされなくてあたりまえです。

いやその、テクニック的なことならばいくらでも伝授できるのですよ。しかしながら、それで最終的に形成されるのが**「劣化版の吉田親司」**[*]じゃ意味がありません。

時間は有限です。正しい努力をしなければ、僕のようにデビューまでに十年以上も無駄にしてしまいます。そもそもこの本は小説家のサバイバル術が主眼でありまして、小説執筆のノウハウには重きを置いていないのです。

書き方を学ぶのであれば、もっと素晴らしい専門書がいくらでも出版されています。

ここでは「書く」ということに着目した参考書を三冊紹介しますので、すべて熟読し、実践していただきたく思います。

劣化版の吉田親司
文章力は僕が業界で最低レベル。僕より下手じゃデビューできません……。

『ベストセラー小説の書き方』

ディーン・R・クーンツ*　朝日文庫

押しも押されもせぬベストセラー作家のクーンツによる名著。ひとつの単語から、インスピレーションを連鎖《れんさ》させ、実際に執筆に生かすテクニックまで披露してくれる章が白眉《はくび》。日米出版界には差異もあるが、書くということは同質だと教えてくれる。作家業が重労働だと正直に告白しているのも好印象。

『スペース・オペラの書き方　宇宙SF冒険大活劇への試み』

野田昌宏《のだまさひろ》*　ハヤカワ文庫JA

SF作家であり、翻訳者であり、麻生太郎《あそうたろう》元総理の従弟《いとこ》であり、ガチャピンのモデルでもある宇宙軍大元帥《げんすい》の名著。物語を設計するための「右往左往シート」は全志望者が絶対に試すべきメソッド。エッセイ集としても好著。

クーンツ
小説家。代表作『悪魔の種子』『ウォッチャーズ』など。

野田昌宏
僕にとっては軍事関係書籍の訳者というイメージがいちばん強いです。『米・英・ソ秘密兵器』が大好きでした。

『小説講座　売れる作家の全技術』

＊大沢《おおさわ》在昌《ありまさ》　角川文庫

先の二冊は名著ながら、やや古めなのがネックなので近著からセレクト。講座の収録と質疑応答で構成しているため、頭に入りやすい。直木賞受賞作家の大沢さんだけでなく、編集サイドの意見も並列されており、多角的な視野が養える。

大沢在昌
小説家。代表作『新宿鮫』シリーズ、『海と月の迷路』など傑作多数。

いずれも僕のような売れない作家ではなく、大作をいくつも発表している著名な書き手ばかりです。観念論や精神論にこだわらず、具体的になにをすべきかを示している好著揃い。最初はこの三冊から引用して一章書こうと計画していましたが、結局のところ、全文引用するよりほかに方法がないとの結論に至りました。

これらで基礎とノウハウを身に付け、まずは長編を一作書いてみましょう。とはいえ、すべて他人《ひと》さまに丸投げではあまりに申しわけないので、執筆に関して少しだけ持論を。

古来、まったくの素人を一人前の兵隊にするには、最前線に投げ込むのが最善とされています。一日の実戦は一カ月の訓練に勝るからです。

小説もそれに似ています。あなたが本当の初心者で、まだ作品を書いたことがないのであれば、とにもかくにも机に向かい、書き始めることです。

戦争の場合は初日で戦死の危険がつきまといますが、小説を書いても*肉体的に死ぬことは滅多にありません。

書き方のノウハウ本には、「アイディア、プロット、キャラクターメイキングが完成するまで書き始めては駄目」とするものもありますが、それは中級者向けのアドバイスです。そうした事前準備で行き詰まるよりも、いっそのこと書きだしてみるのも一手です。

初心者がマラソンランナーを目指すのならば、最初から完璧《かんぺき》なフォームを模索するよりも、まずは走ってみることでしょう。小説も同様です。自分に足りないところを浮き彫りにしていくには、実践こそが近道なのです。

冒頭から書く必要はありません。書きたい場面があるなら、そこから筆を始めてよいのです。架空戦記であれば戦闘シーン、ライトノベルであればヒロインとのデート場面など、あなたが描写したいところからスタートしましょう。書いて

肉体的に死ぬ
僕の場合、あまりの才能のなさに精神的に何度か死にかけましたが……。

いるうちに構成や想像が拡張されていくのは、プロでもよく経験することです。

そしていちばん大切なのは**物語を最後まで書き終えること**。書き上げなければ失敗作にすらなりませんからね。

執筆にはパソコンあるのみ

「弘法《こうぼう》筆を選ばず」と申しますが、僕は空海でも天才でもないので、筆を選んでおります。

執筆は常にパソコンです。自他ともに認める金釘流《かなくぎりゅう》悪筆ですし、難解な漢字は読めはしますが、ろくに書けません。手書きなんてとても無理な相談です。

よってデビュー前からずっと*ＡＴＯＫのお世話になっております。フォントの種類も多く、スペースキーを押すだけでバンバン漢字に変換してくれるのですから最高です。

もちろん、現在でも手書きにこだわる小説家は少数ながら存在します。

その代表格は*田中芳樹《たなかよしき》さんでしょう。あれだけの内容と分量を万年筆だけで書

ATOK
ジャストシステムが提供している日本語変換ソフト。エイトックと読む。非常に優秀。Windows95の頃、「操縦桿」という漢字が出るのはこれだけだった。

田中芳樹
小説家。代表作として『銀河英雄伝説』『アルスラーン戦記』など多数。

いておられるのは、心底すごいと思います。

ただし、令和の現在で小説家デビューを目指すのであれば、原稿作成にはパソコンが必須《ひっす》です。

出版社でも印刷所でも、すでに電子入稿が基本となっているからです。

手書き原稿ですと、入稿から製本完了まで数カ月から半年はかかりますが、電子入稿だとゲラ刷り*が上がるのは最短半日です。スピード重視の出版界において、手書きという贅沢《ぜいたく》が許されるのは大御所だけになっています。

最近では電子入稿しか受け付けない新人賞も増えてきました。あなたは今後、小説家として収入を得ていく決意を固めたのですから、嫌《いや》でも仕事道具としてのパソコンに向き合わなければなりません。

この先、少しばかりパソコンのお話にお付き合いください。

「でも、パソコンってお高いんでしょう？」

いいえ。執筆に高性能なパソコンは必要ありません。上を見ればキリがありませんが、四万〜五万円程度のエントリーモデルの製品で十分です。

ゲラ刷り
印刷前の誤字脱字などの間違いのチェック用に試し刷りしたもの。ポルトガル語らしい。

本書はパソコン解説本ではないので詳細は省きますが、執筆用パソコンはマシンパワーよりも安定性と静音性*を重視すべきです。

デスクトップとノートがありますが、これは机の面積と相談のうえで、お好きなほうを選ぶとよいでしょう。デスクトップ型は堅牢で修理もしやすいですが、ノート型は持ち運べるという大きなメリットがあります。

「パソコンは難しい。アイフォーンやアンドロイドといったスマートフォンで書きたい」

そういう声もあるでしょう。しかし、実際問題として手のひらサイズの画面で本一冊分、つまり原稿用紙三百五十枚前後のデータを作成するのは至難《しなん》の業《わざ》です。

スマホは思いついたアイディアをメモするツールだと割り切りましょう。僕はアンドロイド端末に『Simplenote』*というテキストエディタをインストールし、短文作成に活用しています。パソコン上でリアルタイムに同調できるので、非常に便利です。

「大画面のアイパッド*なら大丈夫なのでは？」

たしかにアップル社のアイパッドは年々進化を続け、下手《へた》なパソコンを凌駕《りょうが》す

静音性
パソコンの騒音の最大の原因は冷却ファンなので、できればファンレスモデルを。

Simplenote
https://simplenote.com

アイパッド
アップル社のタブレットPC。性能もすごいが値段もすごい。筆者はいまだに初代アイパッドを使っている。壊れないんですよ、これが。

る性能を誇っています。キーボードを外付けすれば、実質的なノートパソコンとしての運用が可能です。アイパッドならば、編集サイドが必要とする原稿データも作成できるでしょう。

ただし、操作性や効率を考えたならば、まだパソコンに軍配があがることも事実です。起動が早く動作の軽いアイパッドは、実のところパソコンと併用することにより真価を発揮するマシンなのです。

「アイパッドだけじゃなくてパソコンも持ってなきゃいけないの？　お金がいくらあっても足りないよ」

初期投資に一定のお金が必要なのはやむを得ません。これもまたサバイバルのための手段です。ここで力説しておきましょう。

パソコンは絶対に*二台以上持っていなければなりません。

なぜか？　パソコンはテレビや冷蔵庫と同様、耐久消耗品にすぎず、いつの日か必ず壊れるからです。

昨夜まで動いていたパソコンが今朝は起動しない。僕もそういう状況に何度も遭遇してきました。今日は編集者とメールでやり取りをしなければならないのに

二台以上
筆者はデスクトップ六台にノートを四台運用している。明らかにやりすぎだが、パソコンの修理と自作が好きなため、いつしか溜まってしまった。

そんな大事な日に限って動かなくなるものです。

取引先と連絡が断たれることは致命傷となります。ですが、常日頃からパソコンを二台運用し、ともにメールソフトをインストールしておけば、信用と機会を失う確率は激減するでしょう。また無事なパソコンで復旧方法を検索することもできます。

理想としては、デスクトップ型とノート型（もしくはアイパッド）を一台ずつ揃え、ソフトやデータを同期して、どちらでも執筆ができるような態勢を組めば、まず安心して創作に専念できるでしょう。

コンサートに挑《いど》むバイオリニストはトラブルに備えて予備のバイオリンを準備していますし、一流の料理人はたくさんの庖丁を手入れしながら使っています。あなたは小説家という専門職を志すわけですから、横着をしてはいけません。

仕事道具にはこだわり、大切にすべきなのです。

ここで、いままで避けていた命題に触れなければなりません。マイクロソフト社のウィンドウズか？　それともアップル社のマックか？

これは双方に信者とアンチが大勢おりまして、ネット界隈《かいわい》でどちらかの肩でも持とうものなら、炎上必至の案件でした。

実際、これは正解のない問いかけです。ともに一長一短ありますし、どちらがベターだと言い切ることはできません。

しかしながら、まだパソコンを持っていない方には、僕は次の一点でウィンドウズを奨《すす》めたいと思います。

二〇二一年現在で最強の小説執筆ソフト「**一太郎**」は、*ウィンドウズ版しか発売されていないからです。

小説執筆に特化を始めた一太郎

長編原稿を書くにあたり、ワープロソフトは日夜付き合う仲となります。なるべくならストレスフリーで使いやすいものを選びたいところです。

現在のところ、日本国内で圧倒的なシェアを握っているのはマイクロソフト社のＷｏｒｄです。

ウィンドウズ版しか
かつてはマック版の一太郎も存在したが、もう二十年以上発売されていないので、今後も期待薄。

僕も業務上、以前から使用してはいます。ですが、残念ながらＷｏｒｄは小説執筆にはやや不向きだと結論せざるを得ません。

端的に言えば**「横書きには強いが、縦書きは弱い」**のです。

もともと英語用のワープロソフトを手直して日本語用にチューニングしているため、あちこちに無理が生じています。

傍点やルビをつけると行間が開き体裁《ていさい》が崩《くず》れる、**縦中横（Ｔ34中戦車や88ミリ対空砲など）**の表記が横側に膨《ふく》らんで不細工《ぶさいく》など、縦書き表記が前提の日本語の小説では、どうしても*看過できない弱点があるのです。

いずれも回避方法はあり、設定しだいで対応は可能なのですが、やはり一手間かかります。パソコンに向かっている間は執筆に集中すべきなのに、原稿の体裁を整えるオペレーションに時間を取られるのでは本末転倒です。

松岡さんの『億を稼ごう』では**「現在はどの出版社の編集者もＷｏｒｄを使用している」**ため、ワープロソフトはＷｏｒｄ一択！　といった感じで紹介されています。

どこの出版社でもＷｏｒｄを使っているのは事実ですが、絶対Ｗｏｒｄでな

看過できない弱点
ほかにも縦書き原稿を複数表示するとページの左右が逆になってしまう。その解決策が「アラビア語をインストール」って何か間違っていませんか？　そのとおりにしたらできたけどさあ……。

いと駄目というわけではありません。腕利《うでき》きの編集者ならば、たいていの文章ファイルを開ける態勢を整えています。納品の際には、どの形式のファイルで送ればよいかを前もって確認しましょう。

編集者もＷｏｒｄが苦手な人は少なくありません。**「Ｗｏｒｄじゃなくてテキストファイルで送って」**と指定してくる編集者もいます。

プロの作家でもテキストファイルを使っている人は多いです。『*天冥《てんめい》の標《しるべ》』シリーズで知られる小川一水《おがわいっすい》さんは**「書いてる最中は*余計な機能や表示はほしくない」**という理由で、できるだけシンプルなテキストエディタを愛用されておられます。

メモ帳などフリーのテキストエディタで作れるテキストファイルは、もっとも軽く、融通《ゆうずう》がきき、編集サイドで加工もしやすいのですが、欠点もあります。

ルビ、すなわちフリガナが打てないことです。納品の際には、

「山本五十六（ルビ／やまもといそろく）は戦艦大和（ルビ／やまと）の前檣楼（ルビ

天冥の標
早川書房刊。第四十回日本ＳＦ大賞受賞作品。全十巻（十七冊）の大河ＳＦ小説。

余計な機能や表示は〜
小川氏のツイッターより。EmEditor Free V1.27を使っているそうです。

／ぜんしょうろう）の航海艦橋で仁王（ルビ／におう）立ちだ」

といった感じで対応する必要があります。これでも編集者側できちんと原稿に仕上げてくれるのですが、作者側で文字数のカウントが難しくなります。正確な文字数がわからないと頁数の計算ができません。これが地味に痛いのです。

原稿の納品時には編集サイドが提示した頁数に収める必要があります。

二十三文字×十七行×二段組みで二百八ページまで、といった指定があれば、その枠内で原稿を完成させなければなりません。

ゲラの段階での対応もある程度は可能ですが、後先の手間を考えれば納品時に完璧《かんぺき》なものを用意したいところです。

ここで本命の一太郎です。

お断りしておきますが、僕はジャストシステムの回し者ではありません。同社からは一円も貰《もら》っていませんし、それどころか毎年のようにお布施《ふせ》をしている立場です。

僕は一太郎Ｖｅｒ６の頃からヴァージョンアップを繰り返し、もう四半世紀も使っているのですが、一太郎は日本語で小説を書くという一点に絞《しぼ》れば、間違いなく世界最強です。

公官庁や学校などで採用実績が多かった一太郎ですが、近年はＷｏｒｄに圧倒され、そのシェアは小さくなりつつあります。開発陣は生き残りの一手として、小説執筆に特化すべく舵を切ったようです。

一太郎２０１４あたりからそれが顕著です。いちばんの強みは書店に並ぶ書籍と寸分違《たが》わぬフォーマットで原稿が作成できることでしょう。

Ｗｏｒｄの弱点であった傍点、ルビ、縦中横などは意識せずとも自動調節してくれるため、文庫のような見開きでも、ノベルスのような段組*でも、ほぼ完璧な頁数計算が可能となっています。

近年は電子書籍にも力を入れており、ＡＭＡＺＯＮキンドル用のファイルにも変換できますし、同梱《どうこん》されている日本語変換ソフトのＡＴＯＫの実力は他の追《つい》随《ずい》を許しません。またＷｏｒｄ形式での保存もできるため、それしか受け付けない編集部にも応対できます。

段組
以前は書式設定が面倒だったが、「きまるスタイル」機能が搭載され、誰でもできるように！

「いちおうＷｏｒｄで保存はできるけど、完璧な互換性はないぞ」

そのとおりです。一太郎でＷｏｒｄ形式にすると、なぜかファイルの容量が増えてしまいますし、複雑な枠組みをしていると表示が崩れてしまいます。

そこで僕は一太郎で保存したＷｏｒｄ形式のファイルを、再度Ｗｏｒｄで開き直し、体裁を調整したうえで納品しています。

「結局、Ｗｏｒｄと一太郎の両方を買わなきゃいけないじゃん！」

結論としてはそうなります。専業作家を目指すあなたは、編集サイドが提示してくるありとあらゆるリクエストに十全に応じる必要があります。

考えてもみてください。編集者との会話で、

「私は世界標準のＷｏｒｄファイルしか知りません（キリッ！）」

としか言えない人と、

「原稿はＷｏｒｄでご所望[*]ですね。ファイル拡張子は旧型のｄｏｃですか？　それとも最新のｄｏｃｘのほう？　いえいえ！　一太郎でもOpenDocumentでもＰＤＦでもテキストでもご用意できますよ。え？　Ｗｏｒｄのほかにテキストでルビがあるファイルとルビがないファイルの両方が必要ですか。お任せくだ

Ｗｏｒｄでご所望
この台詞は僕が某編集部に言ったものとほぼ同一です。

さい！」
と答える人のどちらに仕事を回したくなるかは、言うまでもないでしょう。

転ばぬ先の杖ならぬ、転ばぬ先のバックアップ

『紙の月』*などで知られるベストセラー作家の角田光代《かくたみつよ》さんですが、『源氏物語』の現代語訳をされた際、不意に原稿データが消えるというトラブルに遭遇したそうです。

角田さんのツイッターを引用させていただくと、

「保存したはずの原稿がぜんぶ消えていて、でも定時になったから帰って、今朝、ぜんぶ消えた現実に向き合えず10キロ走って、あらためてパソコン内をさがしてもどこにもない」

とのことで痛々しさが伝わってまいります。こうなると最初から書き直す以外に方法がありません。まことにもってご愁傷《しゅうしょう》さまですとしか言いようがないのですが、これはバックアップさえしっかりしていれば防げた悲劇です。

紙の月
角川春樹事務所発行。銀行員の使い込みを題材にしたサスペンス。ドラマ化、映画化もされた。

僕はＳＥを生業《なりわい》としていた頃に、その大切さを叩《たた》き込まれました。以後、僕のデータ管理方法をご紹介します。

ウィンドウズの場合、Ｗｏｒｄなど多くのアプリケーションは標準で【マイドキュメント】というフォルダに保存される仕組みになっています。

ですが、これが案外曲者《くせもの》なのです。様々なソフトのデータが無差別に放り込まれるため、ファイルを直感的に探しにくいですし、保存数が増えるにつれて検索も大変になります。

なによりも大切な原稿は、ドライブ内に【原稿】という独自フォルダを作り、そこで集中管理しましょう。

その中に【経済界】【文藝春秋】【学研】といったふうに出版社ごとのフォルダを置き、それに各原稿を保存していきます。さらに【執筆中】というフォルダを別に作り、最新作の執筆データのみをそこで保管するようにします。

バックアップする際は【原稿】フォルダを丸ごと保存すればいいわけです。

その際ですが、ＵＳＢメモリー、外付けハードディスク、ＢＤ－ＲやＤＶＤ－

Rなど、できるだけ複数のメディアに記録しましょう。

デジタルメディアは永久不滅ではありません。消えるときは本当に一瞬です。僕は半年に一度BD－Rに、月に一度外付けハードディスクに、すべてをバックアップし直しています。二十年分の執筆データですが、容量は八ギガ弱といったところです。

具体的なバックアップの方法としては、USBメモリーや外付けハードディスクに直接コピーするだけでもいいのですが、手作業ではミスもありますし、忘れる可能性も高いです。パソコンはスケジュールどおりに動くのが得意ですから、ここはバックアップソフトを活用しましょう。

フリーソフトを紹介する『窓の杜*』などで探せば、無料のバックアップソフトを入手できます。僕は『BunBackup*』を導入しており、【執筆中】というフォルダだけを十分おきにUSBメモリーへ自動バックアップしています。落雷や地震などで不意にパソコンが止まっても、最悪十分前の状態には戻せるわけです。

これに加え、Dropbox や Google Drive といったオンラインストレージも利用しています。ネット上に預けておけば火災や盗難でパソコンそのものが失われた場

窓の杜
https://forest.watch.impress.co.jp

BunBackup
http://nagatsuki.la.coocan.jp/bunbackup/index.htm

合でも、すぐ復活できます。有料と無料のサービスがありますが、文書ファイルのデータ量はわずかなものですから、無料版でも十分なはずです。

日々の執筆時にもトラブルはつきものです。

各種ワープロソフトは唐突にクラッシュすることも珍しくありません。数時間の努力が一秒で吹っ飛んでは、泣くに泣けません。上書き保存のショートカットキー(Ctrl+S)を定期的に押す癖をつけておくべきでしょう。

ただし、上書き保存は便利なのですが、ひとつのファイルばかりこき使うと、間違って保存した際にやり直しが難しくなります。

僕は一日の作業を終えるときに、ファイルの頭にタイムスタンプとして日付をつけ、*別名で保管しています。

210508yoshidachikashi_genko.txt
210507yoshidachikashi_genko.txt
210506yoshidachikashi_genko.txt

別名で保管
こうすれば並べ替えも楽になる。ファイル名が英語なのは文字バケを防ぐための名残だが、今のパソコンでは日本語名でも全然平気。

といった感じです。文章を誤って消した場合でも、昨日のデータから部分的にコピーすれば修復できます。原稿を納品したら最新のものだけを残し、ほかは消せばいいのです。その段階で【執筆中】フォルダから【出版社名】フォルダへと移し、定期的なバックアップに備えるわけです。

余談ながら一太郎では、上書き時に二カ所同時に保存する機能があり、一回設定しておけば、意識せずにハードディスクとＵＳＢメモリーの両方にデータが残ります。こういうかゆいところに手が届く気配りをしているのに、どうしてＷ*ｏｒｄに負けたんだろう？

ともあれ、原稿データは小説家にとって命そのものです。機械的なトラブルをゼロにすることは非常に難しいですが、被害を最小限に食い止める努力を惜しんではなりません。

Ｗｏｒｄに負けた理由
マイクロソフトＯｆｆｉｃｅの販売戦略が巧みだった。なかでも表計算ソフトＥＸＣＥＬが強すぎ、それに牽引されてＷｏｒｄの実売数も伸びた。

新人賞へ投稿せよ

数カ月の艱難辛苦《かんなんしんく》の末、あなたはようやくパソコンで原稿用紙三百五十枚の長編作品を完成させました。

お疲れさまでした。まずは数日間、原稿を寝かせておき、それから読み返してください。単純な誤字や***表記の揺れ**が見つかるはずです。それらを修正し、自分で納得できる完成度であれば、ついに新人賞に投稿する段階です。

どうせ応募するのなら賞金が高く、人気シリーズも多く出版している新人賞がいいですね。

今回はメディックワークス社の『***雷撃《らいげき》文庫大賞**』に照準を定めましょう。応募要項の抜粋は以下のとおりです。

第X回『雷撃文庫大賞』募集要項

・広義のライトノベルの未発表作品を募集。
・長編に限る（原稿用紙二五〇枚から三七〇枚まで）。
・四〇〇〜六〇〇〇文字程度の梗概をつけること。
・〆切は三月末日（当日消印有効）。

表記の揺れ
語句や漢字が作品中で不統一なこと。犬とイヌ、俺とオレ、充分と十分など。

雷撃文庫大賞
もちろん架空の賞。大人の事情で、実際の名称はいろいろと差し障りがあるのです。各自脳内補完してください。

・結果発表は一〇月。
大賞　記念品および賞金三〇〇万円
金賞　記念品および賞金一〇〇万円
銀賞　記念品および賞金　五〇万円

ほかにも行数や文字数の指定、連絡先の明記など細々とした指示がありますが、すべて従ってください。募集要項に沿っていないと、問答無用で落選対象となります。

雷撃文庫大賞は電子メールでの投稿も受け付けていますが、なるべく印刷して郵送することをお奨めします。どちらが有利ということはありませんが、実際にA4用紙にプリントアウトして読み直すと、思わぬミスが見つかるものです。

郵便事故が怖いのであれば郵便局でレ*ターパックプラスを買いましょう。相手に届いたかどうか、ネットで確認できます。

現在、どの新人賞でも例外なく梗《こう》概《がい》——つまり、あらすじの添付が求められて

レターパックプラス
原稿を送るのにちょうどいいサイズなのでちょくちょく利用しています。令和三年九月の時点で五百二十円だけど、しょっちゅう値上げするので要注意。

います。最後にその準備をしましょう。

今回は、こんなサンプルを用意しました。まずはご一読ください。

題名『ア[*]ースクェイク・ゴースト』

【西暦二〇二X年初冬の早朝。第二次関東大震災が勃発した。被害は想定よりもずっと小さかったが、それでも数十人単位の死傷者が発生してしまう。

千葉に住むミリタリーマニアで自衛官志望の光《ひかる》（十六歳）は思い悩んでいた。今日は憧《あこが》れていた志希《しき》先輩と東京デートの約束をしていたのだ。さすがにこんな日は自粛しようと考えたのだが、積極的な志希先輩は無理やり光を連れ出してしまう。

原チャリに二人乗りして県境を越えると、被害状況が見えてくる。ニュースで聞いたものとは大違いで東京は地獄絵図だ。救助の名の下に早くも介入した中国人民解放軍と陸上自衛隊との小競り合いが続き、在日米軍も動き始めている。

自衛官の父と被災地で遭遇し、行きがかりで人命救助のボランティアに勤《いそ》しむ光と、なぜか絶対に手伝おうとしない志希先輩。光は無法な人民解放軍との戦闘

アースクェイク～
ベタすぎる内容ですが、今回はこれで応募したという設定でご容赦を。

に巻き込まれるものの、常に一手先を読む志希先輩のアドバイスで銃撃戦にも勝利し、九死に一生を得る。しかし、父には志希先輩が見えていない様子だ。いぶかしむ光だが、実は志希先輩はすでに死んでおり、正体は幽霊であった。それがわかった直後、本震が発生。今度は万単位の死傷者が出る。奇跡的に生き残った光は千葉の実家に戻り、志希先輩の遺体を確認し、涙するのだった……】

梗概は第一関門です。

これがあまりな出来栄《できば》えだったり、すでに似た内容の作品が世に出ていたりすると、編集者はその瞬間に不合格にしてしまいます。苦労して書いた本編は読んでさえもらえません。気合いを入れてダイジェストを書き上げましょう。

そして、梗概でいちばん大切なのは**「物語のオチまで書くこと」**です。

さっきの例題では、ヒロインが実は幽霊だったことを明記しています。編集者は読み手としてビックリしたいのではなく、この原稿が世間に通用するかどうかを手早く見極めたいのです。

もし推理小説であれば、犯人が誰かまで書いてください。**「果たして猟奇殺人**

の犯人は？　そしてその動機は？」みたいな煽《あお》り文句は梗概には不要どころか、むしろ邪魔なのです。

受賞までのタイムテーブル

　梗概を書き終えたあなたは、〆切《しめきり》前にすべての作業をすませ、とうとう投函までこぎつけることができました。あとは発表を待つばかりです。ここで雷撃文庫大賞のタイムテーブルと、例年の作品数を確認しましょう。

①三月末日〆切。応募総数*は約四〇〇〇作品。
②六月終盤に第一次予選。通過作品は約四〇〇作品。
③七月中旬に第二次予選。通過作品は約二〇〇作品。
④九月初旬に最終候補発表。約一〇作品。
⑤一〇月初旬に結果発表。一一月に授賞式。
⑥翌年一月に雷撃文庫にて刊行。

応募総数
ここで提示した雷撃文庫大賞は国内でも屈指の応募総数を誇るが、そのぶん新人の生存率も高い……という設定です。

まずは一次予選です。ここで九割が落とされます。

「最初から倍率十倍かよ！」

との恨《うら》み節《ぶし》が響いてきそうですが、ここで落とされるのは本当に駄目な原稿だけです。あなたに自信をつけてもらうため、僕が見聞きしたトンデモ応募原稿の数々をご紹介しましょう。すべて「実話」です。

長編なのに原稿用紙百枚前後しか書いてない

応募要項を守っていない一例ですね。逆に僕のように二千枚超えというのも問題外です。真っ先に落とされます。

お話が終わっていない

ラストまで読んでも事件は解決せず、あからさまに「二巻に続く！」みたいなオチで終わるのは編集者が嫌います。物語はなにかしらの形でいったん閉めましょう。こういったことは過去の受賞作の第一巻を読めばわかることです。

オリジナルの物語じゃない

新人賞は二次創作の場ではありませんから、過去作やヒット作の明らかな模倣は厳禁です。僕が聞いたかぎり、いちばんのトンデモさんは、映画『劇場版　*科学忍者隊ガッチャマン』を勝手にノベライズして送ってきたひとでした。さらに驚いたことに、そのノベライズの出来栄えが悪くなかったので、新人賞とは別に仕事を任されたとのこと。出版界は複雑怪奇ですなあ。

作者（女性）の水着写真が同封

なにをどうしろというのか。本人である保証もありませんし……。

こうした非常識な原稿が多いなか、真摯《しんし》に物語と執筆に向かい合ったあなたの作品は、きっと編集者と***下読み**に注目されるはずです。

僕はとあるライトノベルの編集部で、部屋の一角にうずたかく積み上げられた*応募原稿の山脈を見たことがありますが、情熱と怨念が刻まれている紙の束《たば》に卒

科学忍者隊ガッチャマン　一九七八年公開。鳥海永行監督。テレビの総集編ながら完成度は高い。

下読み　第一次選考の際、編集者より先に原稿を審査するのが仕事のひと。ここで落とされるようでは話にならない。

応募原稿の山脈　比喩ではなく本当に山。三メートル近くある天井まで到達しており、裾野は崩落寸前でした。

倒しそうになりました。

編集者に、本当にすべて読んでいるのですかと訊《たず》ねたところ、

「下読みと手分けして全部目を通している。大部分はかなりアレなので、続けて読んでいると精神をやられそうになるが、たまに宝石も混ざっているからやめられない」

との返事でした。あなたの原稿が宝石であれば、一次予選で見落とされる危険はありません。

「そうは言うが、一次で通っても二次予選で二百、最終候補は十、受賞者は三人とか四人だろう。超狭き門じゃないか」

お言葉のとおりですが、ここで再びハードルを下げる耳よりな情報を。

小説家デビューを欲するのであれば、そのゴールは大賞、金賞、銀賞、奨励賞を獲得することではありません。もちろん受賞するに越したことはないですが、**最終候補の十作品に残るだけでも道は開ける**のです。

ものは考えようです。一次予選は当然通るとして、これならば四百分の十。つ

まり倍率は四十倍となります。僕がデビューした「ワニノベルス作品募集」は百五十倍以上でしたから、それに比べれば楽なほうです。

正直なところ、最終候補の作品群は質的に大きな差はありません。このあたりになると「運」という目には見えない要素が絡《から》んできますし、審査員の好みにも左右されますが、一定の水準に達しているのは事実。編集者にしてみれば粗雑に扱うには惜しいのです。

雷撃文庫大賞の場合、最終候補に残れば、なんらかの形で編集者からコンタクトがあります。難題だった編集者とのコネがようやく築けるわけです。

たぶん電話でこんな感じに切り出されるでしょう。

「今回は残念なことに選に漏《も》れましたが、十分に面白い作品でした。手直しすれば雷撃文庫から発刊できると思います。約束はできませんが、*一緒に頑張《がんば》ってみませんか？」

まさかここで断るような御仁はいないでしょうね。次の第3章では僕の体験を踏まえて、編集者との面談について傾向と対策をお話ししましょう。

一緒に頑張って～
この台詞は、実際に最終候補で落選し、その後にデビューした作家さんからじかに聞きました。

第3章

機械仕掛けの編集者

デビュー作が打ち切り

雷撃文庫大賞*で最終候補に選ばれたあなたは、小説家という個人事業主として第一歩を踏み出しました。

ならば、取引先である編集者と相対する必要があります。メールや電話はもちろんのこと、最終的には直接面談をする必要があるでしょう。

僕はずっと岡山で生活していますが、打ち合わせのために年に数回は上京*しています。特に初めてお世話になる出版社の場合、できるだけ面談するように努めております。

Ｚｏｏｍなどビデオチャットで十分という声もありますが、実際に会って話をしないとわからないことが多すぎるからです。これから長く取引を続ける意思があるのなら、義理を通す意味でも面談の約束を取りつけるべきでしょう。

気が重いかもしれません。交渉相手であり、同時に抗争相手でもある編集者と初めて相対するのは固唾《かたず》を呑《の》んで当然です。なにしろ今後の人生がかかっている

雷撃文庫大賞
電撃に非ず。雷撃である。お間違えなきように。

上京
もっぱら飛行機を利用。東京 - 岡山は新幹線より安かったりする。東京で詳しくなったのは羽田空港と神保町とアメ横だけ。

のですからね。

経験論から申し上げれば心配は杞憂《きゆう》でしょう。編集者は常識人*が多いですし、あなたに会ってくれた以上、一緒に本を作りたいと思っていることは事実。過度に卑屈になったり、お高くとまったりしないかぎり、味方になってくれます。

範例になるかどうかちょっと微妙ですが、ここで僕の昔話をしましょう。

あれは二〇〇一年の八月某日。大変な猛暑の一日でした。

編集者と会う場合ですが、出版社を直接訪問するか、指定された社外の場所に出向くかの二通りです。

僕が初めて会った編集者はＫＫベストセラーズのマツモリ氏でした。東京駅の喫茶店で顔合わせをしたのですが、僕にとって幸運だったのは、彼がとても熱心な編集者であったことです。

処女作の上梓《じょうし》にあたり、マツモリ氏が提示してきた提案は三つでした。

①応募タイトルは『火星独立戦記』だが、今回はＳＦではなくて架空戦記*と

常識人
以前は無頼漢も多かったですが、出版不況がそうした人たちを駆逐してしまいました。一部ですが、大丈夫じゃない編集者もいます。詳しくは後述。

架空戦記
仮想戦記、ＩＦ戦記とも。新兵器や作戦の選択などでありえたかも知れない戦争の行方を活写する小説の総称……ってご存じですよね。

して売りたいので『新世界大戦』に変更したい。

②これは未来世界の宇宙戦記だが、その二百五十年前を舞台にした第二次世界大戦の架空戦記を全三巻で執筆してほしい。

③応募作の火星独立篇は新書五巻分の分量なので、これをエピソード3とし、第二次世界大戦篇（三巻）をエピソード1、月面動乱篇（二巻）をエピソード2として、合計十巻で順次刊行したい。

全十巻ですよ！　夢みたいな話じゃありませんか！

いま思い直しても、出版界に勢いと余裕がある時代にデビューできたのは幸運でした。ここで食いつかないようなら、小説家なんざデビュー前から廃業です。

もちろん快諾しましたよ。

タイトル改題だけは思うところもありましたが、『火星独立戦記』じゃ、あまり売れないだろと予測はできましたし、なにより十冊も本が出せるのであれば、それでしばらくは食べていけそうだぞと算盤《そろばん》を弾《はじ》いたわけです。

まあ、その野望は道半ば（本当に半分）で潰《つい》えたんですけれどね……。

心配事というか、プレッシャーはありました。当時の僕は、太平洋戦争を舞台にした本格的な架空戦記を書いた経験が皆無に等しかったのです。

二〇〇一年頃、もう架空戦記は終わったとも言われていましたが、斜陽ながらまだ残滓《ざんし》はありました。

僕もとにかく好きで、荒巻義雄先生の『紺碧《こんぺき》の艦隊』、佐藤大輔《さとうだいすけ》先生の『征途』、横山信義《よこやまのぶよし》先生の『八八艦隊物語』などを読破し、それぞれの世界観に打ちのめされておりました。

そんなレベルの作品が僕に書けるのか？　原稿用紙のマス目は埋められたとしても、それが商品となるかはまったくの未知数だったのです。

戦記物は大量に読んでいましたし、*シミュレーションゲームもよくプレイしていましたが、だからといって、すぐ架空戦記に応用できる理屈はありません。

しかしながら、やらないという選択肢はありませんでした。

当時、僕はどん底でした。八年勤務した情報処理会社をリストラされたばかりであり、再就職も失敗続き。ついでに手痛い失恋をした直後だったので、なにか

シミュレーションゲーム　別名ウォーゲーム。パソコンではなくボード上でサイコロを振るタイプ。対戦相手がいないのでソロプレイばかりでした。

しがみつく心のよりどころと生活費が必須《ひっす》だったのです。

僕の場合は、それが架空戦記でした。ここで腹を括《くく》り、一心不乱に書いたのが『新世界大戦』シリーズの嚆矢《こうし》となる第一部の第一巻でした。

二〇〇二年二月に発売された『**北海の旭日旗 新世界大戦 EPISODE I ACT：1 亡国の選択肢**』がそれです。処女作から四カ月後に第二作を出せたのですから、ペース*としては悪くありません。

正史とは異なり、大実業家となったアドルフ・ヒトラーが米独を合併させてしまった世界における欧州派遣連合艦隊の奮戦を描くストーリーで、同年六月に二巻を、そして九月に三巻を上梓することができ、『新世界大戦』の第一部は予定どおり全三巻にて完結できました。

いっぽうの第三部のエピソード3ですが、二巻を二〇〇二年三月に発行した段階で打ち切り*が決まり、物語を閉じることができませんでした。エピソード2に至っては影も形もない状態です。

僕はデビュー作が中途で頓挫《とんざ》するという、**逆境にも程《ほど》があるだろう**という状態で作家人生をスタートさせたのです。

ペースとして〜
シリーズものは三〜四カ月に一冊出すことが絶対条件だったため、徹夜続きで頑張った記憶が。

打ち切り
デビュー前に二千枚の原稿を書いたので五巻分の原稿は現在も手元にあります。興味がある編集さんはご連絡ください。

献本大作戦

「最善のものを期待せよ。しかし、最悪にも備えよ」という西洋のことわざは、まことに真理を突いております。

デビューの初《しょ》っ端《ぱな》からつまずいた僕でしたが、こうした状況は半ば覚悟しておりました。出版界はそれほど甘くはないと認識していましたし、特にノベルスは売れ行き次第で打ち切りにされる作品が多いことも承知していました。

だからこそ、打てる手は可及的すみやかに全部打っておこうと決め、なりふり構わず取引相手の拡充に努めたのです。

特別な裏技があったわけではありません。とにかく架空戦記やノベルスを出している版元に、片っ端から**献本**したのです。

前に「どんな形でもいいので最初の一冊さえ出してしまえば、次に繋《つな》げる手を打つことができる」と書きましたが、献本がその答えです。

優秀な編集者は、驚くほど本を読んでいますが、毎日洪水のように発売される新刊のすべてを把握するのは、さすがに不可能です。

しかし、手元に届けば、とりあえず開封はしてくれます。それで内容が面白ければ最高ですし、つまんなくても無料ならそれほど腹も立ちません。多忙な場合は同僚や部下に投げる場合もありますが、ともあれ、あなたの著作をプロの編集者に認識してもらうための第一歩が献本作業なのです。

小説家としてサバイバルするための基礎の基礎です。第一作が完成すると同時に実施することを強くお奨《すす》めします。


二〇〇一年十月に発売した処女作『新世界大戦ＥＰＩＳＯＤＥⅢ』の一巻ですが、事前に十冊が見本《サンプル》として送られてきました。僕はこれにできるだけ丁寧な*手紙を添え、各出版社に送付しました。

送付先は奥付を見ればいいだけですが、当時の僕には編集者の名前まではわからなかったので、「ノベルス御担当者様」という宛名を用いました。結果的にはそれで**大丈夫でした**。

編集者は素人の原稿や企画書、同人誌などは鼻も引っかけちゃくれませんが、

手紙
要するに自己紹介だが、一般的なビジネス文章で十分。各種連絡先を明記し、なにかありましたらご一報くださいと正直に書きましょう。

万難を排して書店に並んだ商業出版であれば話は別です。現物の献本であれば、編集部の誰かが手に取ってくれます。

あなたの名前が表紙に載った本は、あなたにとって最高の名刺。こうした本を書いて世に出す実力があるという証拠です。これを使わない手はありません。

僕は三十社に献本しました。ＫＫベストセラーズから頂戴《ちょうだい》した著者見本だけではとても足りないので、残りは*自腹を切る必要がありました。送料込みで自己負担額は三万円超。確定申告で経費に加算できるとはいえ、安い出費ではありません。

反応ですが、まちまちでした。御礼にと新刊を送ってくださったところや、丁寧な挨拶がメールで届いた会社もあるいっぽう、一社だけですが、**「こんなものは*受け取りません」**と送り返してきた出版社もありました。

いちばん多かったのはなしのつぶて《ノーリアクション》というやつでした。これは仕方がありません。いわば押しかけで営業しているわけであり、返事が必ず来ると考えるほうが間違いです。憤怒《ふんぬ》を押し殺し、きっと読んでくれていると考えることにしましょう。

自腹を切る
出版社に頼めば著者割引で二割安く買えるが、発売当初は出版社にも現物が残っていないケースもある。僕は書店で注文しています。

受け取りません
せめて捨ててくれよと思いましたが、のちにその出版社からも本を出せましたから、縁とは不思議なものですね。

僕の場合ですが、三十社に送り、二社から前向きな回答を頂戴することができました。学習研究社とコスミック・インターナショナル（会社名が変わり、現在はコスミック出版。以後、コスミックで統一）です。

ともに架空戦記ノベルスを毎月発売しており、そのラインナップに加えられるようなモノを書けないかという問い合わせでした。

僕はさっそく面談の約束を取りつけて上京しました。学研のケースは第1章で書きましたから、ここではコスミックの事例を紹介しましょう。

待ち合わせ場所に現れたのは、見るからにベテランの雰囲気を漂わせた五十代半ばの男性でした。これがカサハラ氏との出会いです。その後、十年以上にわたってお世話になった大恩ある人物です。

一九九二年に倒産した大陸書房*と因縁浅からぬ人で、フリーの編集者を自称しておられましたが、コスミックでも発言力を獲得している人物でした。

順序立てて言えば、コスミックからカサハラ氏に献本が渡り、読後にこいつは一定のものが書けそうだと判断してくれたそうです。

大陸書房
オカルト本と廉価版VHSにはお世話になった。機を見るに敏な出版社で倒産しなかったら架空戦記も出していたはず。

「私は時代劇作家に架空戦記を書かせて成功させたことがある。あなたはまだ駆け出しだから、指導とプロデュースは任せてもらいたい。タイムスリップ戦記が手堅く売れているので、まずはその方向でお願いしたい」

頼もしすぎる言葉ですが、自衛隊タイムスリップ戦記は完全に飽和状態だったので、僕からはこう提案しました。

「自衛隊が太平洋戦争に乱入といった話は読むほうも飽《あ》きているはず。ただし、タイムスリップの要素は必ず入れます。売れ行きがよいなら、すぐ続編が書けるような展開にしておくので、一巻で終わるものを書かせてほしい」

このとき、すでに学研と『帝国の聖戦』シリーズを開始する約束をしていましたし、ベストセラーズでも『新世界大戦』のシリーズを執筆することが決まっていました。同時三シリーズを推《お》し進める力はないと自己判断した結果です。

正直にそう申告したところ、カサハラ氏は僕の考えを受け入れてくれました。結果として、二〇〇二年九月に刊行されたのが『超空の神兵』*です。

一冊で戦争の帰趨《きすう》を全部書くのは無茶なので、一海戦に絞《しぼ》り、昭和二十年四月の戦艦〈大和〉の沖縄海上特攻に焦点をあてました。そこに昭和十六年十二月、

超空の神兵
のちに続編と合本で文庫化された。表紙に緑色の十字架が描かれているが、もちろんエヴァンゲリオンの影響である。

つまり真珠湾奇襲攻撃から帰投した直後の南雲《なぐも》機動部隊がタイムスリップし、〈大和〉を支援するというストーリーです。

過去からのタイムスリップというイレギュラーな形でしたが、幸いにして好評を得たため、すぐに続編を書けという指示を頂戴し、『続・超空の神兵』を翌年三月に上梓できました。その後、コスミックとは長尺のシリーズをいくつも展開していくことになり、僕の執筆の基盤のひとつとなっていきます。

ここで僕の出版点数を記しておきましょう。

デビューした二〇〇一年は十月に一冊だけでしたが、二〇〇二年には学研の『帝国の聖戦』シリーズを三冊、KKベストセラーズから『新世界大戦』シリーズを四冊、コスミックから『超空の神兵』を一冊。合計八冊を上梓しています。まったくの新人にしては悪くない数字です。**献本作戦、大成功**です。

ここで大切なことをひとつ。

献本は、本を出すたびに毎回実施してください。それで効果は倍増します。

二〇〇二年に八冊の本を出した僕は、都合八回、献本をおこないました。

一回につき、本代と郵送料で三万円前後かかりましたから、一年で二十四万円は献本で消えた計算になります。

たしかに高額な費用ですが、一冊送って反応のなかった出版社でも立て続けに献本が来れば**「こいつは手が早いな」**という印象を与えることができます。

スピードは武器です。一定のペースで新刊を出し続ければ、〆切《しめきり》を守れる書き手だと編集者は考えます。こうなれば、最初の献本ではなしのつぶて《ノーリアクション》だった出版社からも、返事が期待できるようになります。

僕は二〇〇三年から毎年のように新規の取引先を獲得し、新刊を発刊し続けていくことができました。献本という作業を怠《おこた》っていたら、おそらくデビュー後にすぐ立ちゆかなくなっていたでしょう。

こちらの存在をアピールすることで、うまく歯車が回り始め、熱心な読者層にも支えられ、気づけばサラリーマン時代の年収*を超える額が口座に振り込まれていました。

もっとも、これだけの執筆をこなすためには死ぬほど忙しく、お金を使う暇《ひま》がまるでありませんでした……。

年収
別に自慢じゃないです。SEやってた頃は、年収三百万程度でしたので。思えば搾取されていたなあ……。

ハウツー・リライト

僕はデビュー段階で編集者に恵まれ、コンスタントに新作を刊行できたわけですが、こうした幸運が誰にでも訪れるわけではありません。

編集者もあなたも人間が相手である以上、相性問題は存在します。

あなたをプロデュースしようと望んでいる編集者は、必ず細かな指図を出してくることでしょう。

なかには承服し難いものがあるかもしれません。その場合、どうするのがベストなのでしょうか？

編集者のリクエストでいちばん多いのは書き直し《リライト》です。ときには根底から全面修正を指示されることもあります。

ここは例題として、考えられるうちで最悪の状態を想定しましょう。

第2章の最後を思い返してください。あなたは『アースクェイク・ゴースト』[*]

アースクェイク・ゴースト
委細は67頁。梗概の書き方で提示したストーリーを参照のこと。

という長編で雷撃文庫大賞に応募し、最終候補まで残りましたが、惜しくも受賞は逃しました。

しかし、編集者から手直しをすれば雷撃文庫から発売できるだろうという連絡を受け、約束の日時に単身メディックワークス社に乗り込まんとしています。

この際の心構えですが、遅刻は厳禁。また服装は一般的なもので。僕はスーツが好きでよく着るのですが、最近は編集者もたいていラフな格好です。キャラで売ろうとしないかぎり、常識をわきまえましょう。

そして、名刺を持っていくのを忘れないように。パソコンとプリンターと名刺用マルチカードがあれば、すぐ作れます。名前（本名とペンネーム）、住所、電話番号だけでなく、メールアドレスや各種ＳＮＳのＩＤも書いておきましょう。

編集者も千差万別で高いＰＣスキルを持っているひともいれば、いまだに電話のほうが楽というひともいます。自分の尺度を絶対視するあまり、コンタクトの確率を下げるのは愚の骨頂です。

出版社の玄関には受付[*]の女性が座っていますから、ここで名刺を渡し、面談の約束があることを告げましょう。しばらく待てば編集者がやって来ます。改めて

受付
出版社はセキュリティーが厳しく、警備員がいる場合も。名刺を提示するのは身分を明かすためでもあります。

挨拶をして、名刺交換をすることになるはずです。

ここで要注意。もし相手が「いま名刺切らしてるんですよねえ」などと言ったなら、残念ながらその編集者はあまり*信頼できない人物です。太陽が西から昇ることがないように、編集者が名刺を切らすなんて絶対にありえません。こっちがアポイントメントを取って出版社まで足を運んでいるのに、名刺がないと言い張るのは、あなたに個人情報を渡したくないだけと解釈されても仕方ないでしょう。

こうした相手には**「それでは名刺ができしだい郵送してください」**とくぎを刺しておくことです。本気を見せていない相手から本気を引き出すには、毅然《きぜん》とした態度を示すしかありません。

挨拶をかわしたあと、編集者は次のような指摘と提案をしてきました。

「応募作の『アースクェイク・ゴースト』ですが、興味深く拝読しました。文章や展開、キャラクターに問題はありませんが、舞台がいけませんね。東京が地震で壊滅するのはちょっとねえ。それと人民解放軍と自衛隊が戦うのも凄惨《せいさん》すぎ

信頼できない
某パーティー会場で僕に「名刺、切らしてます」と言った編集者が、舌の根も乾かぬうちに別の有名作家に名刺を渡したのを見たときは怒りを通り越して悲しくなりました。

て、ウチの読者層から外《はず》れてしまうんですよ。
　いっそのこと一新しましょうか。恋人が死んでいるという設定を生かすには、中華っぽいファンタジー異世界が最適です。国難も地震じゃなくて異民族が持ち込んだ未知の病原菌にしてください。主人公は女の子のほうがいいです。死んだ恋人を男にするんですよ。この設定で書き直してみませんか？　面白ければ雷撃文庫から出版しますよ」

　難しい御沙汰《ごさた》ですね。ここでいちばんの禁句は、

「それじゃまるで別物じゃねーかよ！」

と怒り出すことです。気持ちは本当によくわかりますが、ここは大人の対応をしましょう。

　あなたの作品が否定されたのではありません。よりよい作品にすべく、プロの目線からアドバイスを頂戴できたのです。納得できなくても、この場で拒絶することだけは避けましょう。

　それをやらかすと、もう小説家デビューは不可能になると覚悟しなければなりません。編集者は出版社の垣根を越えて、横の繋がりが**盤石《ばんじゃく》です。**

「あいつは俺がせっかくアドバイスしてやったのに断りやがった！」

という話が業界の連絡網を駆け巡ってしまえば、あなたの名前はブラックリストに載せられたも同然です。どの出版社もあなたと取引することは避けるようになるでしょう。

我慢できない指示があっても、その場ですぐ拒絶せず「いったん持ち帰らせてください。よく考えて、お返事しますので」と答えておくべきです。

突っぱねていいのは金銭や肉体を要求されたときだけです。そうしたパワハラ*&セクハラ編集は、虚勢を張っているだけでたいした権限を持っていないことが多く、泣きながら条件を受け入れても本が出るとは限りません。また放っておいてもすぐいなくなります。現在の出版社に、そうした輩《やから》を飼っておく余裕はないからです。

帰宅したら、とりあえず気分を落ち着け、いの一番に編集者にメールをしましょう。内容は今日面会してくれたことへの御礼です。提案事項は早急に検討して回答しますと明記し、送信をすませておきます。

パワハラ編集　体を要求されたことはないですが、金銭はあるぞ。もちろん、断りました。

それから新しいノートを広げ、表紙に『アースクェイク・ゴースト改造計画』とでも記し、案を練ります。

まずは以下の三点を順不同で書きだしてみましょう。

①書かなければいけないこと
②努力すれば書けそうなこと
③逆立ちしても書けないこと

リストアップするうちに、おぼろげながらリメイクの全体像が見えてくるはずです。特に①と②に重なる項目があれば、そこが突破口になります。

あなたは「中華風の異世界」を①と②に書き入れました。過去に、*それらしきライトノベルを読んだ経験があったためです。

でも、読むのと書くのは大違い。中華風の異世界とはいえ、実際の中国は無視できません。学校で世界史を選択しなかったのならば、中国史を簡単にまとめた書籍を早急に入手しましょう。春秋戦国時代から清国《しんこく》滅亡あたりまでが時代範囲

それらしきライトノベル　秋山瑞人の『DRAGON BUSTER』と古橋秀之の『ケルベロス』で知られる龍盤七朝シリーズの続きはまだか！

となるでしょうが、具体的な選定も必要ですし、武器や宮廷や民衆の資料も探さなければなりません。

　ともあれ、中華風世界は書けると判断できましたが、③の書けないことを見極《みきわ》めることも重要です。これを無視して突き進むと、作品の完成度がガタ落ちになってしまいます。

　今回、あなたは③のところに「主人公を女性に変更」と書きました。改めて魅力的なヒロインを主役にするには筆力が足りない。そう自己分析した結果です。

「でも編集者の要望をすべて受諾しないと出版されないんでしょう？」

　いいえ。実際のところ、編集者も提案が全部通るとは思っていません。逆に、言われたままに原稿を直してきた場合、評価を低くする節《ふし》さえあります。

　相手は海千山千の手練《てだ》れであり、常に想定より上の原稿を求めています。面白くなりそうであれば自らの提案など叩《たた》き台にされても気にもしません。ただし、事前に相談は必須です。最終的な返事は七十二時間*のうちにおこないましょう。

　今回、あなたはいろいろと勘案し、以下のような回答をメールしました。

「中華風の異世界を舞台にする件は了承しました。戦闘で大砲を使いたいので、

七十二時間
早ければ早いほどよい。メールの返事が遅いのは仕事ができない証拠だと見なされます。

明《みん》か清の時代に似た世界観にしようと思います。

地震の設定を中止することにも同意します。異民族が持ち込んだ病原菌にせよとの指示でしたが、それだとコロナウイルスを連想させてしまいますから、ここは仮死状態にさせる呪法を異民族が持ち込み、それが制御不能になった悪夢的な状況を描いてみたいです。

そして、いろいろ考えたのですが、主人公を少女にするのは無理だとの結論に至りました。僕には魅力的な女の子を主人公に据えるだけの力量がまだありません。やはり、少年を主人公にした物語を書いてみたいのです。如何《いかが》でしょうか?」

まともな編集者なら、すぐ返事を寄こすはずです。経験上、ここまで書き直しを受け入れると申し出た以上、おそらくゴーサインが出ます。

こうなればしめたものです。一気呵成《いっきかせい》に書き始めてください。できれば*二カ月程度でリライトをすませ、編集者に提出しましょう。

完成度が最初の原稿よりも高められていれば、編集者も出版に向け本気で動き出してくれるはずです。

二カ月
プロを目指すのであれば原稿用紙四百枚の長編を六十日で書く必要があります。

しかしながら、なかには「俺が絶対！」と考える我《が》の強い編集者もいます。こちらが正直に書けませんと申告しているモノまで、無理に書かせようとするわけです。この場合であれば**「やっぱり女の子が主役じゃないと駄目」**と言ってくるかもしれません。

次の項では、強気の編集者の注文にどう応じるべきなのかを、再び僕の体験を通じてお話ししたいと思います。

身のほど知らずの野望

「吉田さん。このエンディングは駄目です。リュウノベルスを購入する読者は、本格的な架空戦記を望んでいるのであって、こうした終わり方では納得してくれません。直してもらえませんか？」

それは僕にとって初めての修正依頼であり、実質的なダメ出しでした。

電話でそう言ってきたのは経済界のイナガキ氏*でした。二〇〇三年四月某日のことです。

イナガキ氏
ベストセラーズではマツモリ氏とワニノベルスを担当。一時、有名女性占い師の世話役でもあったそうな。

イナガキ氏は元々ＫＫベストセラーズの社員で、経済界に移籍してリュウノベルスを立ち上げ、軌道に乗せた敏腕編集者です。僕はデビュー時から経済界にも延々と献本を続けており、二〇〇二年の秋には架空戦記の執筆依頼を頂戴していました。

ベストセラーズの『新世界大戦』シリーズと学研の『帝国の聖戦』シリーズが終わろうとしていた頃で、新企画には絶好のタイミングでした。

ここで僕はとある野心を抱いてしまったのです。

架空戦記がいずれ頭打ちになっていくのは、受け入れるしかない現実でした。五年後、十年後の作家人生を見据えると、別ジャンルの実績がどうしても必要でした。ここは一般的な架空戦記ではなく、毛色の変わったモノを書き、読者と出版社にアピールしたい。そう思ったわけです。

経済界のリュウノベルスは、*佐治芳彦《さじよしひこ》さんの『最終戦争・銀河大戦篇　太陽系独立戦争』という*ＳＦ架空戦記をすでに発行しており、アバンギャルドな作品を受け入れる土壌はあると判断しました。

企画したのが『**鉄鎖の太平洋**』です。第一次世界大戦でドイツが大勝利を収め

佐治芳彦
小説家。古史古伝の研究本や架空戦記などの著作多数。

ＳＦ架空戦記
ああした作品が書きたいとイナガキ氏に申し出たところ、あれは佐治先生しかダメと明言されたでござる……。

た世界で、鉄仮面を装着した日本海軍提督とドイツ皇帝の皇女が太平洋を舞台に海戦を繰り広げるという破天荒なストーリーでした。

戦略・戦術は架空戦記を貫きましたが、ヒトラーがドイツ太平洋艦隊を仕切っているわ、李氏《りし》朝鮮はドイツの後《うし》ろ盾《だて》を得て博多湾に攻めてくるわと、展開はトリッキーを極めました。

提案した企画どおりには書いたのですが、あまりに*破天荒な内容にイナガキ氏は当惑された様子です。

特に初稿におけるラストの処理が冒険小説を思わせるようなテイストになってしまい、それを修正してほしいとの指示でした。

経済界は初めての取引相手であり、要望に応じなければ次がありません。でも一巻は二〇〇三年五月発売というスケジュールで動いており、大幅な書き直しは時間的に無理でした。僕は頭を抱えてしまったのです。

編集者が強い調子で原稿に修正依頼を出してきた場合、対処法はふたつしかありません。

破天荒な内容
イナガキ氏も腐心されたようで冒頭に世界観説明の地図が挿入されており、苦労の跡がしのばれます。

白旗を掲げて全面的に書き直すか、こちらの言い分を受け入れてもらえるように説得するかです。

デビューして間もない頃であれば、相手の要求をすべて受け入れないと駄目だと思い込んでしまいがちです。

前節の最後で記したとおり、我が強すぎる編集者も時として存在します。対案を出しただけで「生意気だ！　俺の言うとおりにしないと本にならねえぞ！」と怒鳴られる可能性も皆無じゃありません。

しかしながら、あなたに何が書けて何が書けないかは、あなたがいちばんよくわかっているはずです。小説は脅《おど》されて書くものじゃありません。読者に楽しんでもらうために書くのです。

時間と枚数の制約があるなかで完璧《かんぺき》な解答を提出するのは困難を極めますが、ひとまずここは一歩ずつ歩み寄り、妥協《だきょう》案を探ってみましょう。

たとえば「主人公を絶対に女の子にしろ」と指示された場合、ボーイッシュな女の子にしてみるという手はどうでしょう。

いわゆる**ボクっ娘か俺娘***にしてしまえば、女の子が書けなくても（内面描写はと

ボクっ娘か俺娘
一人称が「ボク」もしくは「俺」の少女。通常のボーイッシュよりさらに少年っぽさが強調される。そんなキャラが女の子に戻る瞬間たるや（以下自主規制）。

もかく）表面上は対応しやすいですし、意表も突けます。

　こうした場合、まず書いてしまい、完成版を提出するほうが合格しやすい傾向があります。編集者としても、こちらの言い分がすべてかなえられており、質的にも向上しているとあっては、無下《むげ》にはできないからです。

　あなたの意図をきちんと読み取ってくれる編集者に出会えることを、この場を借りてお祈り申し上げます。


　経済界の『鉄鎖の太平洋』一巻のラストで煮詰まっていた僕ですが、二巻を早手回しで書き始めていたことが奏効しました。

　本当は*二巻の冒頭に持ってくるべき場面を、一巻のエピローグに据えるという選択を下したのです。

　ヒロインがドイツ空母〈グラフ・ツェッペリン〉の艦上で新たなドイツ皇帝に即位するという衝撃的な幕切れとしたわけです。イナガキ氏も一応これでＯＫと了承してくださいました。

　作品の質としては悪くなかったと自負してますし、読者からの反応もおおむね

二巻の冒頭
実は映画『女王陛下の007』の関連本を読んで思いついた窮余の一策。ボンドの結婚式と直後の悲劇は、実は次作の冒頭シークエンスだったとのことです。

好評だったと記憶していますが、ライトノベルに寄せた展開が年配層には受け入れられず、期待ほど実売数には繋がりませんでした。

結局、『鉄鎖の太平洋』は二〇〇三年中に全三巻を上梓し、どうにか完結できたのですが、次に僕が経済界から新刊を出せるようになるには実に十一年の歳月が必要でした。干されたという実感はあまりないのですが、営業面で迷惑をかけてしまったのは否定できません。

その経験と反省を生かすべく、リュウノベルスでは二〇一四年から合計五つのシリーズを立ち上げ、うち四つで商業的成功を得ることができました。多少なりとも罪滅ぼしができたかと考えております。

そして僕が抱いた野心は（経済界には本当に申しわけないのですが）、結果的に成就《じょうじゅ》したのでした。

ラノベの味つけをした『鉄鎖の太平洋』を発表し、やっぱり献本を続けた結果でしょうか、ライトノベルのお話が舞い込むようになったのです。

やがて**萌《も》え系《けい》**[*]の架空戦記の総決算『女皇の聖戦』シリーズという僕の代表作に

萌え系
完璧な定義は困難だが、ここではいわゆる美少女が主役として登場する作品を指す。

も繋がっていきます。

回顧すれば、『鉄鎖の太平洋』シリーズは、僕にとってターニングポイントの作品であったわけです。どこかで文庫化できないかしら？

第4章

フル・メンタル・ジャケット

キープ・オン・ライティング

小説家としてサバイバルするには、書店にあなたの作品が常時並べられている状況をつくりだす必要があります。

それも目立つ特等席、つまり**平台**《ひらだい》*にです。

読者の目線で考えてみましょう。同じ作者の書籍がよく平台に置いてあれば、それが人気のある作家だという判断材料になります。

そして新刊が平台に置かれるのは発売後せいぜい二カ月程度であり、それ以降は**棚に差され***てしまいます。表紙が見えなくなれば、もはや熱心な読者しか手に取ってくれません。

逆算すれば二〜三カ月に一冊、つまり年間で四〜六冊の割合で新刊を出し続けていかなければ、あなたの作品は注目されないわけです。

出版界の現状を考慮すれば、これは高いハードルです。しかし、シリーズ作品をものにできれば、実現不可能な数字ではありません。

平台
書店の入口などで表紙を上にして書籍を配置するための台。だいたい新刊しか並ばない。

棚に差され〜
こっちが書店本来の姿ですが、タイトルしか見えなくなるのがツライ。

参考までに僕のデビュー後五年間の実績を記しておきましょう。

二〇〇一年は十月に一冊だけですが、二〇〇二年に八冊、二〇〇三年に七冊、二〇〇四年に九冊、二〇〇五年に八冊の新刊を上梓《じょうし》しています。新人としては突出した数字と言ってよいでしょう。

前にも書いたとおり、編集者は会社の垣根を越えて横の連携が強いため、情報の共有はスムーズにおこなわれます。吉田がそこそこのレベルのものを割と早く書き上げると知れわたり、執筆依頼の連絡が重ねて舞い込むようになりました。

加えて出版のつど、献本を続けたため、新しい取引先も複数獲得できました。まさに理想的な執筆サイクルです。

……などと書くと僕の小説家人生が順風満帆《じゅんぷうまんぱん》だったかのように聞こえますが、実際は血を吐きながら走り続けるマラソンそのものでした。

いまから考えれば年九冊とか頭[*]がおかしいレベルです。だいたい四十日で一冊書いた計算になります。ノベルスは四百字詰め原稿用紙三百五十枚前後、文庫はまちまちですが平均四百枚程度。荒っぽく算盤《そろばん》を弾《はじ》けば、毎日十枚弱を来る日も

頭がおかしい
一日に十四時間は書いていました。当時三十代でいくらでも徹夜ができましたが、大病をしてからは無茶がきかなくなりました。

来る日も書き続けたわけです。

ただし、執筆が嫌《いや》になったことはありません。苦悶《くもん》はしましたが、愉悦のほうが遥《はる》かに勝りました。だからこそ、僕は依頼を一回も断らなかったのです。シリーズを三つ同時に回している状態でも、依頼さえ入れば即連絡。「スケジュールの調整ができしだい書かせていただきます」と二つ返事で引き受けました。

ネタはなんとかなりました。実はこんなこともあろうかと、デビュー前から結構な量のアイディア帳*を準備していたのです。そこから使えそうなモノを探し、大急ぎで企画書を準備して送付。とにかくフットワークの軽いところをアピールし続けました。

また僕は部数や印税率、イラストレーターの選定、発売日時や印税の振込時期などに一切の注文をつけませんでした。出版社からすれば、ずいぶんと与《くみ》しやすい相手だったはずです。

苦いリクエストもいくつかありましたが、すべては本を出すためだと割り切りました。ここで笑って許せるレベルの実例を披露したいと思います。

アイディア帳
ものになる、ならないは別にして思いついたネタをランダムに書いていました。現在も続けています。

「白石ノベルスで架空戦記を書いてくれませんか。とりあえず一巻で終わるものでお願いします。白石書店という小さな出版社なので、部数は七千部で印税は八パーセントです」

そう電話してきたのはコスミック出版でお世話になっていたカサハラ氏です。彼は編集プロダクションを経営しており、白石ノベルスも担当していました。好条件とは言えませんが、カサハラ氏にはデビュー以降お世話になりっぱなしでした。多少なりとも恩返しができればと思い、引き受けたわけです。

さっそく準備した企画書が『**飽食戦線ガダルカナル**』でした。

北朝鮮の貨客船〈万景峰号《マンギョンボン》〉が一九四二年夏のガダルカナル島へタイムスリップし、支援米とカップラーメンを食べて腹いっぱいになった日本兵がアメリカ海兵隊を叩《たた》きのめすという痛快（?）なストーリーで、これに戦艦〈大和《やまと》〉と*水野《みずの》晴郎《はるお》風味の山下奉文《やましたともゆき》将軍が絡《から》みます。

一巻で完結させるために、ひとつの戦場を切り取って描き、タイトな作品として誕生させたわけです。僕なりの皮肉を込めた『飽食戦線ガダルカナル』という

水野晴郎
映画評論家。監督作品の『シベリア超特急』では自ら山下将軍を熱演。

題名にも自信がありました。

しかしながら、カサハラ氏から提示されたタイトル案は『**超時空戦闘艦〈大和〉**』でした。

これには僕も顔を歪《ゆが》めました。たしかに〈大和〉は出てきますが、主役級の扱いではありませんし、白石ノベルスはほかにも*タイトルに〈大和〉がついた作品を数多く発刊していたので、埋もれてしまう危険性を感じたのです。

電話で「このタイトルは如何《いかが》なものでしょうか？」と訊《たず》ねると、カサハラ氏はこう言いました。

「いやあ、やっぱり〈大和〉ってつけないとね。**書籍取次***の反応が悪いんですよ」

たしかに山本五十六《いそろく》と零戦と戦艦〈大和〉は架空戦記三種の神器でしたし、**日販とトーハン**に嫌われたら小説家としては死刑判決を受けたも同然です。

ここは辛抱《しんぼう》するしかありませんでした。僕は「飽食戦線ガダルカナル」をサブタイトルに入れてもらうことを条件に、『超時空戦闘艦〈大和〉』という題名を了承したのです。

発売は二〇〇三年十月でしたが、売れ行きがそこそこよかったそうで、すぐ続

タイトルに大和
白石ノベルスでは『サブマリン戦艦空母大和』『ショットガン戦艦大和』『時空バトル空母大和』『ハイテク空母戦艦大和』『スーパー対空戦闘艦大和』などなど。これでも本当に一部です。

取次
出版社と書店を繋ぐ流通業。日本出版販売（日販）とトーハン（旧名東京出版販売）が業界二大巨頭。いつもお世話になっております。

きが欲しいとの依頼を頂戴《ちょうだい》し、さっそく準備したのが姉妹編の『**灼熱戦線キスカ***』でした。

海上自衛隊の輸送艦〈しもきた〉がタイムスリップしてキスカ撤退作戦に参加し、それにクローン人間となった金正日《キムジョンイル》千人軍団が絡むという素敵（？）な物語で、タイトルにも自信があったのですが、カサハラ氏から提示された題名案は『**バーチャル魔艦〈大和〉**』でした……。

二〇〇四年六月にそのタイトルのまま発売されましたが、なにがバーチャルなのかは書いた本人にもサッパリわかりません。

小説のタイトルは文字どおり作品の顔であり、成功を左右する鍵となります。あなたも考え抜いた末に、愛着のわく題名を用意していることでしょう。練りに練ったタイトルの本が書店に並ぶ日のことを考えるとワクワクしますね。

ですが、ここで残念なお知らせです。書籍のタイトルは編集者に最終決定権があり、こちらの意見が必ずしも採用されるとは限りません。

あなたの小説は作品であると同時に、商品でもあるからです。地味なものより

灼熱戦線キスカ
のちに『飽食戦線ガダルカナル』と同時にアマゾンキンドルで電子化されました。百八十七円と格安なのでぜひ！

派手なもの、抽象的なものより*一発で内容が把握できるほうが好まれます。従って改題は覚悟していたほうがよろしい。

第2章の例を思い出してみましょう。あなたが**雷撃文庫**大賞に応募した作品は『アースクェイク・ゴースト』でしたが、異世界中華風ファンタジーとしてリライトを終えた結果、内容と題名が一致しなくなりました。

あなたはいくつかタイトルを提出しましたが、雷撃文庫の編集者から提示された題名案は次のとおりでした。

『インサイド・ゲヘナ　胤王朝衰亡伝奇』

「なんだこりゃ？　ゲヘナってなに？　地獄のこと？　知らんがな。王朝の名前を胤《いん》にしたからサブタイトルはいいけど、メインは意味不明じゃん……」

などと思われるかも知れませんが、これが処女作であれば編集者の意向を甘受《かんじゅ》したほうが無難です。

強硬に改題を拒絶することもできますが、もしもあなたの押し通したタイトル

一発で内容が把握　なろう系の影響で非常識なまでに長いタイトルが乱発していますが、それが最たる例。あらすじがそのまま題名なのは賛否が分かれましょう。

で売れなかったなら、あなたの責任にされてしまう可能性が強いからです。

小説家は個人事業主。注文主から「自己愛が強く、わがままで面倒くさく、おまけに結果を出せない奴《やつ》」と見なされれば、次の仕事などなくなってしまいます。ここは名を捨てて実を取るべきです。

タイトルだけではありません。小説家を続けていると、多種多様のトラブルとも対峙していく必要が生じます。次節でその具体例をご紹介しましょう。

吉田、ポルノを書く

「知り合いの編集者がライトノベルのレーベルを立ち上げようとしているので、新作で参加してもらえませんか？」

学研の担当編集者のハッタ氏からの連絡が届いたのは二〇〇五年初頭でした。詳《くわ》しく話を聞いたところ、二見書房が「**二見ブルーベリー**」という文庫をスタートするに際し、ライトノベルっぽい作品を書ける作家を選定中で、吉田を推薦したいのだが、どうだろうという打診でした。

僕は二〇〇四年十二月に電撃文庫で『**ＭＭ　記憶師たちの夜明け**』というライトノベルを上梓しており、ハッタ氏にも献本していたため、その縁でお声がけをいただいたようです。

来るもの拒《こば》まずの姿勢を貫いていた僕です。もちろん、引き受けたわけですが、準備期間中にいろいろと雲行きが怪しくなってきました。

二見ブルーベリーは二〇〇五年春頃から作品が刊行され始めたのですが、ポルノとライトエロとオタク系の考察本が*ラインナップされ、系列がよくわからなかったのです。これではどんな作品を提案したらよいか見当も付きません。

わからないときは訊ねるのが基本。僕はハッタ氏に連絡を入れ、方向性を教えてほしいと伝えました。二見書房のＦナッツ氏と話をまとめたハッタ氏は、すぐに返事を寄こしてくれました。

「二見ブルーベリーは十八歳以上をターゲットにした、いわゆるジュブナイルポルノを軸に構成していく。よって、その系統の作品の企画を出してほしい。まあ、ぶっちゃけエロいシーンをちょっと入れてくれれば、内容はなんでもＯＫ」

ラインナップ
本田透『キラ×キラ』シリーズ、ゆずはらとしゆき『試作品少女空想東京百景』、黒石翁と彼女のレンズにうつり隊『眼鏡っ娘大百科』など。

これは弱りました。〝なんでもＯＫ〟という発注がいちばん難しいのです。実際のところ、相手は「こちらの頭のなかを読んで、百パーセント満足するものを出せ」と言っているわけですからね。

アイディア帳にもポルノのネタは仕込んでいないですし、今も昔も単純なエロは執筆したくありません。書いていて楽しくないからです。作者が面白く思わないものを読者が受け入れてくれる道理はありません。

よく確認しなかった僕にも非がありますし、口頭とはいえ引き受けてしまった以上、こちらからお断りすると角が立ってしまいます。

また当時のハッタ氏との関係ですが、学研の『帝国の聖戦』シリーズが全五巻で完結し、続いて開始した『*異形特務空母〈那由多《なゆた》〉』が一巻で打ち切りになっていたところで、新たなトラブルを抱えるのは得策とは思えませんでした。

僕はここで策を弄《ろう》しました。相手から断ってもらおうと考えたのです。

まず通りそうにない企画書を用意しました。以前からモンゴル史に興味を持っていたため、舞台は蒙古《もうこ》高原っぽい架空の世界にし、そこで戦争をやって獲得し

異形特務空母〈那由多〉 地軸がひっくり返った地球で合体連結地上空母がロシアの大地を疾走する。イラストは飯島祐輔先生。

た女奴隷をあれやこれやする話を考えつきました。

ここで提出した企画書が『**鉄車帝国の女囚**』です。まあ日本の出版界におけるモンゴル関連書籍のミニマムぶりを考慮すれば、普通なら絶対に通らない企画でしょう。

書き上げてメールにて送付したところ、すぐさま「それでＯＫ」という返事が届いたのには驚きました。本当になんでもよかったようです。

僕はまだ諦《あきら》めず、策謀をさらに巡らせました。電話でハッタ氏に、こう持ちかけたのです。

「こうした内容なので、女の子のキャラクターはもちろんですが、武具や都市のガジェットが描ける優《すぐ》れたイラストレーターが絶対に必要です」

「それは道理だが、誰かあてはある？」

「野上武志[*]さんにお願いできたら、こんなに嬉《うれ》しいことはありません」

ご存じのように、野上さんはいまや押しも押されもせぬ〝戦車と美少女マンガ〟の大家ですが、当時はイラストを中心に活動されておられ、僕はその躍動感のある絵柄に魅せられていました。

野上武志
ミリタリーものと美少女を得意とするマンガ家。『セーラー服と重戦車』『紫電改のマキ』『ガールズ＆パンツァー リボンの武者』など著作多数。

同時にご多忙なのも公式サイトをチェックして把握していました。当然、断られるに決まっています。半年もすれば企画自体が有耶無耶《うやむや》になるでしょう。ハッタ氏とのやり取りで、僕から野上さんに打診することになり、懇切丁寧に助力を願うメールを書きました。

きっと返事も来ないよなあと思いながら送信しますと、二時間もしないうちに野上さんから**「やります」**とのメールが届きました……。

事ここに至り、完全に外堀が埋められてしまったと理解した僕は、開き直ってエロを書くことにしたわけです。

上京してハッタ氏と野上さんと某メイドカフェ（笑）で打ち合わせをし、その日から本格的に草案を練り始めました。

これを逃したらモンゴル関係の小説を書く機会は永遠にない。どうせなら超絶エロで面白い戦争ファンタジーにしてみせようではないか。その決意でした。

執筆依頼を受けた際に、最初にチェックしなければならないことがあります。実際に本になる際、*何ページになるかの確認です。編集者に聞けば「最低

何ページになるか
たいていの本は構造的に十六ページの倍数になっている。巻末に既刊の宣伝が入っているのは実は調節のためでもある。

百九十二ページ、最大で二百五十六ページ」といった感じで教えてくれます。

出版社と編集者は厚い本より薄い本を好む傾向があります。ページが増えれば製造コストが上がり、一冊あたりの利益率が下がりますから、それも道理です。

二見書房のＦナッツ氏に規定ページ数を訊ねたところ、「何ページでもよい」との返事でした。

こうした場合は既存の作品に倣《なら》うのが鉄則です。二見ブルーベリーには四百五十ページ近い作品もあったため、それと同じにしたいと申し出たところ、了承されました。そして実際に執筆に着手し、百ページほど書いたところで、ひとまず原稿を送ったわけです。

初めての取引先の場合、全部完成させてまとめて納品するのではなく、切りのよいところまで書いた段階で送付するのが効果的です。きちんと〆《しめ》切《きり》に間に合うように書いていますよという中間報告になりますし、大きな修正要望があっても完成前に教えてもらえるでしょう。

僕の場合、しばらくしてＦナッツ氏より返事が入りました。

「内容はなににも問題ありませんが、やっぱり最大二百五十六ページまででお願いします」

　これには顎《あご》が外《はず》れそうになりました。こっちは四百五十ページで計算して書いているのに、二割ほど書いた段階で半分以下にしてくれよとは、なんともご無体な相談です。

　けれども、書き終える前だったので軌道修正は可能でした。早手回しで原稿を送っていて正解だったわけです。

　予定では第一部と第二部に分かれていましたが、ここは第二部を丸ごとカットすることにしました。自分で勝手に「**接触篇・発動篇***」と呼んでいたくらいで、第一部だけでもお話は完結していたことが幸いしました。

　加えて章ごとに切れる箇所を切っていきました。いちばん削《けず》りやすいのはエロシーンなので、そこを削除しまくった結果、二百五十ページ強の本でセックス描写は十五ページだけという、いろんな意味で尖《とが》ったポルノ小説（？）となりました。

　本来の用途で購入なされた読者さまは、もしやガッカリしたかもしれません。この場を借りてお詫《わ》び申し上げます。

接触篇・発動篇　いうまでもなく劇場版『伝説巨神イデオン』二部作のサブタイトル。

紆余曲折《うよきょくせつ》はありましたが、企画書どおり『鉄車帝国の女囚』というタイトルで完成した本作を、僕はたいそう気に入っております。

そこそこですが、異世界の構築もうまくいきましたし、野上武志さんの表紙とイラストも本編にマッチしていて最高です。

残念ながら販売状況は芳《かんば》しくなく、続刊が出ることはありませんでした。次にモンゴルものを書くチャンスが回ってきたのは、実に十六年後のことでした。

二〇二一年六月発売の怪奇小説誌『**ナイトランド・クォータリーVOL.25**』に掲載された「**ワールシュタットZ**」がそれです。ゾンビとモンゴル軍が戦うという趣味全開の中編ホラーなので、ご興味のある方はぜひとも。

ゲラとスケジュールのジレンマ

読書のさなか、明らかな誤字脱字を見つけてしまった場合、多くの読者は憤《いきどお》りと失望を感じてしまうと思います。自腹で買った本なら尚更《なおさら》です。

著者は誤字誤植と戦わなければなりません。奴らを一字残らず駆逐《くちく》しなければ、あなたの原稿は商品として成立しないのです。

「そんなの簡単。ゲラで直せばいいだけじゃん」

などとしたり顔でおっしゃる御方もおられましょうが、それでミスが消えるのであれば、この世に誤字脱字など存在しないのでありますよ……。

雷撃文庫の編集者との壮絶なバトルの末、改稿なった『インサイド・ゲヘナ胤王朝衰亡伝奇』ですが、とうとう校正刷り、つまりゲラとなってあなたの手元に届きました。

書店に並ぶ雷撃文庫と同じフォントで印刷されると、文字とはいえ迫力が違います。これから始まるチェック作業にも気合いが入ろうというものです。赤ボールペンと辞書を片手に、時間の許す限り修正に注力しましょう。

できれば、ゲラをコピーし、信頼できる知人に頼むかアルバイトを雇い、チェックして貰《もら》うのも有効です。第三者の目線で読むと思わぬエラーが見えたりするもの。金と手間はかかりますが、誤字誤植を葬《ほうむ》るためなら安い出費です。

ゲラチェックの具体的な作法ですが、こうしなければ絶対駄目というルールは存在しません。いちおうＪＩＳ規格*もありますが、要は誰が見ても理解できるように赤ペン*で書いておけばよいのです。

郵送されてきたゲラには、編集者と校正者のダブルチェックが入っているはずです。まずはそちらを確認しましょう。修正しなければ本が出ないレベルの間違いか、社是で使用厳禁*となっている単語を用いている公算が強いです。

校正者も様々で、いわゆる〝てにをは〟レベルの誤字脱字しか直さないひともいれば、内容に深く切り込み矛盾点まで校閲《こうえつ》してくれるひともいます。いずれにせよ、あなたが見落としたかもしれない箇所を指摘してくれるのですから、ありがたく再検討しましょう。

ゲラチェックは二回おこなわれるのが基本です。初校と再校です。

初校は印刷ですが、再校はＰＤＦファイルで送付されるケースも最近は増えてきました。二回目ともなればミスも減ってますから、修正点のみをメールで連絡すれば大丈夫というわけです。

ＪＩＳ規格
校正記号表で検索すればすぐ出てきます。

赤ペン
フリクションなど消せるボールペンの使用は厳禁。夏場は高熱で消えます！

使用厳禁
いわゆる放送禁止用語。素直に別の表現に換えたほうが無難。

初校では原稿の増減はある程度許されますが、**再校でページ数を大幅にいじると嫌《いや》な顔をされます**。これも憶えておいて損はありません。行数が大幅に増える場合は、手書きで全部書き入れるのではなく、追加分をプリントアウトし、両面テープでゲラに貼りつけて対応します。その部分のテキストファイルを、メールで編集者に送ればモア・ベターでしょう。

残念なことに中小出版社だとゲラチェックが初校のみの場合もあります。再校がなければミスを撲滅《ぼくめつ》するのは困難です。誤字誤植が残ってしまう理由は、おもに三つあります。

①作者の無知および勘違い
②ゲラで修正を依頼したが、直っていないケース
③編集者が勝手に書き直して、勝手に間違えている

まず①ですが、これは言いわけのしようがありません。僕もオランダ海軍軽巡洋艦の〈デ*・ロイテル〉を長年〈デ・ロイヤル〉だと思い込んでおり、作中にも

デ・ロイテル
英蘭戦争で活躍したミヒール・デ・ロイテル提督の芳名を頂戴した軍艦。一九四二年二月二十八日、スラバヤ沖海戦で戦没。

その艦名で出してしまったことがあります。大変恥ずかしいミスであり、伏してご寛恕《かんじょ》を乞《こ》うしかありません。

②ですが、これは二回チェックすれば防げたヒューマン・エラーでしょう。

そして③ですが、再校のあとに編集者がよかれと思って細工《さいく》したパートにミスがあるという場合です。僕はなぜか「カギ括弧《かっこ》」を削除され、誰がしゃべっているのかわからなくなってしまった実例があります……。

どんな事情があるにせよ、世間に出た出版物は表紙に記された人物に全責任が覆い被さります。誰がミスをしようと著者のせいになるわけです。

できれば、最終確認となる念校まで出してもらうように編集者に懇願すべきですが、駄目と言われれば仕方ありません。ほかに打てる手としては、ゲラになる前、つまり原稿作成時に最大限の注意を払うことでしょう。

表現の正否は辞書を引く習慣をつけておけば対応できますし、一太郎もしくはＷｏｒｄなら校正機能がついていますので、**表記の揺れ**などは一掃できます。

結局のところ、提出時の完成度をあげるのが最善というあまり面白くない結論で申しわけないです。当然、ゲラチェックにも〆切がありますから、遅れないように戻しましょう。

どうにか再校までゲラを修正し終えたのと前後して、編集者から発売日の通達があるはずです。残る作業は「著者の言葉」の準備くらいになります。

楽しみなのは表紙絵の担当者、つまりイラストレーターの選定ですね。

海のものとも山のものともつかぬ新人のあなたには、まだ絵師を指名する権限はありませんが、いちおう希望だけは出しておきましょう。

「もし*渠《みぞ》零《れ》味《あじ》レモン先生に描いていただけるのなら、本当に光栄です」

くらいに伝えておけば、あるいは編集者も売れっ子イラストレーターの渠零味さんに打診してくれるかもしれません。偶然、相手のスケジュールが空いている可能性もゼロじゃないでしょう。

僕も世界文化社で『自衛隊三国志』という作品を描いたとき、「*長《なが》野《の》剛《つよし》さんにお願いしたいんですが、やっぱり無理ですよねえ」と冗談めかして言ったところ、なんと実際に描いていただけることになり、狂喜乱舞した経験があります。

渠零味レモン
架空の人物なので探さないでください。

長野剛
コーエーテクモのゲームパッケージやスターウォーズ小説のイラストなどで知られる希代のイラストレーター。

巨大な自動小銃を抱えた関《かん》羽《う》と張《ちょう》飛《ひ》という、ありえない図柄に説得力を持たせることができたのは、長野剛さんの画力があったればこそです。機会があれば、ぜひともご覧ください。

イラストの絵柄は基本的に編集者にお任せになります。ラフを見せてもらえる場合もありますが、本が完成してから初めて表紙を見るケースも多いです。どんな出来《でき》栄《ば》えでも、あまりガッカリしないように。僕も過去に何度か、

「あの絵師ならもっとうまく描けるはずなのになあ……」

と思った表紙絵に出くわしたこともありましたが、嘆くのは自宅でだけにしております。少なくとも公共の場所で失望の意を示したことはありません。描いてもらえただけで幸せだと割り切るようにしています。

まあイラストがちょっと気に入らないなんてかわいいレベルです。次にあなたが遭遇する可能性のある、より悪《あ》しき事態を想定してみましょう。

ゲラの作業が終わったのに発売時期が決まらないという悪夢的状況です。

雷撃文庫大賞の場合、新人賞受賞作品は刊行されるスケジュールが事前に設定されているため、焦《あせ》る必要は皆無ですが、あなたの場合は多少状況が違います。編集者にピックアップされる形でデビューするため、発売時期がなかなか決まらない可能性があるのです。いわゆる〝塩漬け〟というやつです。

いつ書店に並ぶのかと編集者に訊ねても、明確な解答は返ってこないかもしれません。下手《へた》をすれば、ゲラを返してから半年以上も待たされるケースもあるでしょう。

編集者も実は申しわけないと思っていますが、雷撃文庫の場合、数カ月先まで新刊やシリーズの続編で予定が詰まっているため、空きがないのが実情です。他社のライトノベル文庫も状況は似たり寄ったりでしょう。

ただし、**必ずと言ってよいほど誰かが*原稿を落とします**。あなたの作品はそのピンチヒッターとして投入される公算が極《きわ》めて強いのです。

予備でスペア、つまり代役なわけですが、本として完成するのですから、ここは辛抱《しんぼう》の一手でしょう。ゲラの校正が終わった段階で出版が取りやめになる可能性は、さすがに小さいです。出版社が雷撃文庫の発刊を止めてしまうか、編集者

原稿を落とします　スランプで書けない、病気で入院した、編集者と喧嘩別れした、ＰＳ５で遊ぶのが忙しい、など理由は多種多様。

が引き継ぎも挨拶もなしに退職するかでもないかぎり、本になるはずです。

それに悪いことばかりじゃありません。イラストレーター選定にも時間的余裕が生まれるため、絵師ガチャにあたる公算が高くなります。ふて腐《くさ》れずに好機を待ちましょう。


そして、艱難辛苦《かんなんしんく》のかいがあって、ようやく編集者から出版が正式決定したとのメールが入りました。

ここでは六月末にゲラを完成させて、十月に連絡があったと仮定しましょう。つまり、四カ月*待ったことになります。

そして発売は十二月。雷撃文庫の発売予定ラインナップにも『インサイド・ゲヘナ　胤王朝衰亡伝奇』が掲載されました。あなたが罪を犯して逮捕でもされないかぎり、出版は間違いないでしょう。

さて、ここで問題です。六月から発売までの半年間、あなたはなにをします？

待っているだけでは0点です。雌伏《しふく》のときだからこそ、やらねばならないことが山積しています。

四カ月
これくらいならまだ早いほうで十カ月待たされたこともあります……。

この六カ月を征した者だけが、小説家としてサバイバルできるのです。

陸続たる執筆

あなたの『インサイド・ゲヘナ　胤王朝衰亡伝奇』の発売日は十二月十日に正式決定しました。

嬉しいことに、イラストを憧《あこが》れの渠零味レモン先生に担当してもらえたため、表紙も素敵なものになりました。編集者も完成度に満足している様子です。

ここで満足し、立ち止まってはいけません。あなたはまだ駆け出しにすぎず、常に執筆を続ける必要があります。絶対に空白期間を作ってはいけません。

それではなにを書くべきか？

決まっています。『インサイド・ゲヘナ』の第二巻です。

現在のライトノベルの刊行状況*を検分しますと、第一巻発売後から三カ月もしくは四カ月後に第二巻が発売されるケースが多いです。それ以上、間が開いてし

刊行状況
最近の傾向として、若干長くなりつつあります。大賞受賞作でもインターバルが半年開くことも。

まうと書店の平台と読者の記憶から消えてしまうからです。

ここで逆算してみましょう。十二月に第一巻が出るのですから、翌年四月には第二巻を発売する必要があります。

四月十日に第二巻を発売するには、三月十日にはゲラの**校正**を含め、全作業を終えている必要があります。すると、イラストの発注その他に一カ月かかるとして、二月の頭には原稿がアップしていないといけません。

あなたが書くのに三カ月強はかかるとして、十月下旬には執筆を始めないと間に合わない計算になります。

つまり第一巻の発売前に、もう第二巻に着手していなければならないのです。

雷撃文庫大賞の受賞作品ならば、最初から三巻程度は書かせてもらえる約束になっているはずですが、編集者にピックアップしてもらったあなたの場合、続巻は未定のままです。

編集者は、第一巻の売り上げを見極めた段階で第二巻の話を持ち出してきます。

壊滅的に売れ*なかった場合は、打ち切りもありえますが、採算ラインを超えて

売れなかった場合
穴埋めとして起用された場合、同時発売で強いシリーズものがあると、どうしても埋没してしまいます。こればかりは運。

いれば続巻の声がかかるはずです。

ただし、編集者のゴーサインを頂戴《ちょうだい》してから書き始めると、発売は早くて来年の夏になってしまいます。半年以上インターバルがあると、第二巻の売れ行きにも影響すること必定《ひつじょう》です。

ここは自己判断で動きましょう。編集者にはあえて相談せず、第一巻のゲラの校正が終わったその日から第二巻の原稿を書き始め、一気にエピローグまで突っ走ってしまうのです。

やりくりすれば半年は時間が**捻出**《ねんしゅつ》できるはず。この六カ月を征した者こそが、サバイバルの勝者たる資格を得るのです。

そして完成と同時に編集者に送付します。第一巻の発売前だって構いません。速筆ぶりと熱心さをアピールするまたとない好機です。

あなたにはピンチヒッターとして役目を果たしたという動かし難い実績がありますし、まともな編集者なら、ひとまず形になった原稿を疎《おろそ》かにはしません。

一巻の売れ行きが順調であれば、三月か四月刊行が現実味を帯びてきますし、仮に重版がかかるようなら、大きなビジネスチャンスとなります。編集者は長期シリーズにするようにリクエストしてくるでしょうし、続刊が続けばコミック化やアニメ化も視野に入ります。

そうなれば〝売れている〟という評判がさらに売り上げを伸ばしてくれます。年収も、億は無理にしても一千万は超えるでしょう。もはや僕が教えられることなど、なにもなくなります。

ただし、そうなれるのは数年にひとりの割合です。ここはかなり厳しい現実を想定してみましょう。


十二月に発売された『インサイド・ゲヘナ』ですが、定価税別六百円。初版は一万部でした。新人にしては、かなり多めに刷ってもらったほうです。

印税は、[*]刷り部数×**定価**×一割ですから六十万円になります。源泉徴収その他でさらに一割差し引かれて五十四万円弱といった感じでしょう。**振込**は出版社ごとに違いがありますが、翌年三月頃までには入金されるはずです。

肝心《かんじん》の売り上げ状況ですが、思ったほど伸びず、続刊は微妙といった案配でした。せっかく書いた二巻はラインナップされず、下手をすれば、このままお蔵入

刷り部数
まれに刷り数ではなく、数カ月間の実売数で計算するケチな出版社もありますが、そういう相手とは早急に手を切ったほうがよろしい。実売数なんて自己申告でこちらにはわかりませんから。

りするかもしれません。

けれども、**どうせ誰かがまた原稿を落とします**。

そのとき、編集者の手元にあなたが書いた『インサイド・ゲヘナ』二巻の原稿があれば、再び穴埋めに起用される可能性が生じるわけです。

この場合はインターバルが長すぎるため、売り上げは正直あまり期待できません。編集者と相談し、二巻で終わる可能性に備えて、ひとまずのオチを用意しておきましょう。

中途半端な格好で打ち切られては、物語と読者に失礼だからです。

僕と同様、仮にデビュー作が打ち切りになったとしても、歩みを止めてはなりません。

あなたはひとたびデビューしたのですから、サバイバルのためには打てる手をすべて打つ必要があります。まずは繰り返しますが、**献本作戦**です。

発売の二週間くらい前に著者用サンプルとして十冊ほど送られてきますが、これはすべて献本用に回すべきです。不足分は自腹を切る覚悟で書店にて予約を。

準備できしだい、手紙を添えて各ライトノベル担当者宛に送りましょう。

雷撃文庫の新刊ともなれば、どの出版社も一目置きます。名刺としてこれ以上に機能するものはありません。ただ、ひとつだけ注意事項があります。

露骨に**「仕事ください！」**と主張してはいけません。

あくまでも挨拶と連絡先、そして今後も小説家としてもっと頑張《がんば》っていきたい旨《むね》を手紙に書き、同封してください。

しばらくすると、メールや電話で返事があるかもしれません。執筆依頼が舞い込むことも十分に考えられます。ここは架空の中堅出版社である**ハードバンク社**[*]から、こんなメールが届いたとしましょう。

「献本いただきました御著書、興味深く拝読しました。ぜひ弊社でも先生の作品を刊行させていただければと思います。何かアイディアをお持ちならば、ご相談くだされば欣快《きんかい》です」

舞い上がってしまうかもしれませんが、現状であなたが最優先すべき取引先はメディックワークス社です。すぐ仕事を引き受けますとは返事をしないように。

とりあえず、こんなふうにメールしましょう。

ハードバンク社
新興の中堅出版社。各自脳内変換してください。

「お声がけ戴きまして感謝の極みです。生憎《あいにく》いまは雷撃文庫の仕事で多忙を極めており、まだ御社のお役には立てそうにありません。僕の体が空きしだい、必ず連絡いたしますので、どうかお時間をください」

こう書くとハードバンク社の編集者は「こいつはいろいろとわかってる奴だな」と認識してくれます。向こうも業界の掟《おきて》は熟知していますから、拒絶されたと解釈はしません。むしろルールを知っていると好感を抱くはずです。

そして早急にメディックワークス社の担当編集者に連絡を入れましょう。

ハードバンク社から執筆の打診があったが、現状では引き受けられないと返事をした旨を正直に伝えてください。

何度も書きますが、編集者は横のネットワークがすごいのです。黙っていても、すぐ露呈しますので、こちらから申告して心証をよくしたほうが得策です。

雷撃文庫の編集者にしてみれば、あなたという原石を見つけ出して拾い上げたところを他社が横取りしようとしているわけです。それを断ったという一点で、あなたの信頼と評価は上昇します。

同時にハードバンク社からスカウトされるほどだから、内容的には面白かった、こちらの目に狂いはなかった、と自信を持つはず。もし『インサイド・ゲヘナ』が二巻で終わろうとも、きっともう一作くらいは書かせてくれるでしょう。

あるいは、サバサバした編集者であれば、

「別にハードバンク社で書いても構いませんよ。あなたには特別な縛《しば》りはありませんからね。そっちで大*ヒット作を出してから、また戻ってきてください」

などと言われるかもしれません。これは〝受賞作でなかった強み〟と評すべき現象でしょう。雷撃文庫大賞を取っていれば、数年間は他社で書くことを契約で禁じられてしまうからです。

編集者から許可を頂戴した以上、移籍に遠慮は無用ですが、まずは雷撃文庫で次の作品をものにするように動きましょう。アイディア帳をめくり、新作のネタを練り、企画書を作成するのです。

熱意と利害が複雑に絡む以上、編集者とのコミュニケーションは本当に難しいものです。次章では、実際に生じた最悪の実例をご紹介します。

大ヒット作を〜
これとほぼ同一の台詞を言われたことがあるようなないような……。

第5章

出版と欲望

ワースト・コンタクト

僕は公開された映画のリストや、＊音楽ＣＤの曲名を読むのが好きです。いずれのタイトルも本当に考え抜かれ、様々なエッセンスが凝縮されているからです。眺《なが》めているだけで刺激され、内容をあれこれ思い描いてしまいます。なかでも面白いのが小説新人賞の予選通過作品一覧表です。工夫が凝《こ》らされた題名を読んでいると、いろいろとネタが湧《わ》き出てきます。もちろん、そのままは使えませんが、アイディアを掘り起こす足がかりとしては最高です。

また脳内変換をして読んでいただきたい話です。某年某月某日、いつものように応募していないにもかかわらず、**＊シューズウェア文庫新人賞**の予選通過作品を眺めていた僕は、なんとも気になるペンネームを見つけてしまいました。

「＊枕崎《まくらざき》イルカ？　どこかで聞いた名前だけど思い出せないぞ。こんなときは素直にグーグル先生に聞いてみようって……あれ？　このひと去年の**雷撃文庫**大賞

音楽ＣＤ
いちばん聴くのは映画のサウンドトラックですが意外にも曲名が内容そのまんまなケースが多く、あまり想像が膨らまない気も……。

シューズウェア文庫
架空の文庫。業界最大手のレーベルという設定。似たような名前の文庫もありますが、偶然の一致です。

枕崎イルカ
架空の人物。モデルこそいますがフェイク入れていますし、新人賞も別物なので検索しても無駄でござるよ。

の受賞者じゃん！」

この筆名であれば、同姓同名の別人という事態は考えられません。枕崎イルカさんは雷撃文庫大賞を受賞し、シューズウェア文庫新人賞にも投稿したのです。

僕は我が目を疑い、そして暗澹《あんたん》たる気分になりました。枕崎イルカさんに押し寄せるであろう厄災《やくさい》が読めてしまったからです。

まれにですが、新人賞Ｗ受賞というのは実例があります。ものすごく才覚のある書き手がふたつの新人賞に別作品で同時に応募し、両方とも入選するという快挙です。

Ｗ受賞は出版社も話題になって大いに歓迎なのですが、枕崎イルカさんの場合は状況がまったく違います。

前項でも少し書きましたが、新人賞を受賞した場合、一定期間は別の出版社から新作を発表できないのが大原則。*出版契約書にも明記されていますし、編集者も注意事項として教えているはずです。

書き手としても表彰をしてもらい、賞金まで頂戴《ちょうだい》している以上、筋を通さなけ

出版契約書
以前は作成する出版社のほうが珍しかったけれど、ここ数年どこでも作られるようになってきた。本が完成してから送られてくるのが相変わらず謎。

ればなりません。こういう横紙破りは言語道断なのです。

*秘密の連絡網（笑）から漏《も》れ伝わってきた情報を総合しますと、おぼろげながら状況が見えてきました。第三者である編集某氏のお話によれば、結局はお金の問題だったようです。

ここで電卓を叩《たた》いてみましょう。雷撃文庫大賞で金賞を受賞すると、具体的においくら頂戴できるのでしょうか？

まずは賞金。大賞が三百万円、金賞が百万円、銀賞が五十万円です。

ここは中を取って金賞を受賞したと想定しましょう。つまり、百万円が贈られます。

これに印税が加わります。雷撃文庫大賞の金賞であれば、初版で一万五千部は堅いです。定価税抜き六百円として、部数×定価×一割で九十万円。源泉徴収を引かれて八十万円強でしょう。

金賞受賞作ならばシリーズ三巻は書かせてもらえますが、一巻が増刷されないかぎり、二巻の部数は減ります。おそらく一万二千部前後でしょう。これだと、

秘密の連絡網
編集者も作家も噂好きなので、出版界に知人が増えれば、聞きたくない情報まで入ってきます……。

実入りは約六十五万円となります。

そして、完結編の三巻ですが、一～二巻に重版がかかっていなければ部数はさらに減ります。まあ一万部でしょう。これだと約五十四万円の収入となります。

百万＋九十万＋六十五万＋五十四万で三百九万円。

これに電子書籍の売り上げが加算されますが、コミックと違い、活字の電子書籍はそれほど売れません。実際お賽銭《さいせん》程度です。五桁《けた》に届いたら多いほうでしょう。

つまり総計で三百十万円強となります。業界最大手と目される雷撃文庫大賞で金賞を受賞しても、*この程度なのです。ならば、ほかは推《お》して知るべしでしょう。小説家だけで食べていくのが、どれほど大変かをご理解していただける数字だと思います。

枕崎イルカさんですが、受賞作が三巻で終わったことに立腹したのか、想定外に少ない実入りに憤慨《ふんがい》したのか、書き上げた新作をシューズウェア文庫新人賞にこっそり応募してしまったようです。

これは雷撃文庫の編集者からすれば、純然たる裏切り行為です。応募できるよ

この程度
ここでは重版しなかったという状況設定です。売れて増刷されれば、もちろん収入は増えますぞ。

うな原稿があれば、まずこっちに見せろというのが本音《ほんね》でしょう。

その後の枕崎イルカさんですが、二次予選は通過できず、シューズウェア文庫から再デビューすることはありませんでした。雷撃文庫とも喧嘩別れしたのか、新刊は出ていません。もしかしたら別のペンネームで書いているのかもしれませんが、現在に至るも未確認のままです。


自己判断、自己決定、自己責任が求められる文筆業ではありますが、こうした実例を見聞きするたびに悲しくなります。

新人賞は、なるべく長くその出版社で書いてもらうために創設されています。よって当然ながらルールが存在します。

枕崎イルカさんのケースは、コミュニケーションを密にしていれば防げた悲劇のはずです。編集者はルールを最初に教える義務があるはずですが、昨今の不況でそんな余裕すらなくなったのでしょうか。

もちろん編集者にも同情すべき点は多々あります。

自分が発見した小説家のデビュー作がいまいち売れなかった、営業とやりとりしたあと、苦労して続刊を出したが、それも鳴かず飛ばず。悪いことばかり続く状況の最中に**「あんたの本、売れなかったからもう打ち切りね」**と宣告するのは楽しくはないでしょう。

しかし、個人事業主たる物書きとして申し上げるなら、苦い現実でもきちんと伝えてくれる編集者こそ、もっとも信頼できる取引相手なのです。

いちばん嫌《いや》なのは、口あたりのよいことばかり喋《しゃべ》り、言いにくい現実をあと回しにする政治家みたいな編集者です。

幸運にも、僕は編集者には恵まれているほうでした。打ち切りも何度か経験しましたが、そのつど、別の出版社からお声がけいただき、切れ目なく新作を発表し続けていくことができました。

傍目《はため》には無節操な流浪の作家に見えていたことと思いますが、食べていくためにはなりふり構ってはいられなかったのです。

二〇〇四年の夏から、僕は実業之日本社の子会社である有楽出版社で新刊を出すようになりました。

担当は*ミツイさんという女性の編集者でした。有楽出版社にも献本を二年以上続けていましたが、こっちのしつこさに音を上げたのか、そこそこの原稿が書けるとご判断いただけたのか、ともあれ執筆依頼を頂戴できたわけです。

最初のコンタクトは電話でした。ミツイさんはとても正直なひとで、

「私は太平洋戦争や軍艦のことは詳《くわ》しくないため、監修ができません。ですから内容に関してはお任せします。読者層にマッチした作品を希望します」

と最初に話してくださいました。こうした申し出はとても助かります。企画を暗中模索するのではなく、一定の方向性が得られるからです。

それならばと用意したのが『***空母艦隊血風録**』でした。

架空戦記の読者ならば、すでにお馴染《なじ》みのキャラクターである山口多聞《やまぐちたもん》とハルゼーを主役に据え、日米両雄による堂々たる空母決戦を描いたわけです。

最終巻では南海の孤島で日米両雄が物理的に殴《なぐ》り合うという、いろんな意味ですさまじい展開にしてしまいましたが、幸いにして好評を博し、全三巻で完結させた直後に次のシリーズの打診が来ました。

僕はすぐ『第三次太平洋戦争』という企画を提出しました。昭和十九年に第二

ミツイさん
過去には志茂田景樹氏も担当。本当にいつもあの格好なのですかと訊ねたところ、本当にいつもああですとの回答。

空母艦隊血風録
二〇一九年にコスミック出版にて文庫化。タイトルは『最強不沈空母〈飛龍〉』へと改題。

次大戦が終結し、その翌年に再び日米戦争が勃発するというストーリーです。

ここでミツイさんからタイトル案の相談がありました。

「どうも『第三次太平洋戦争』ではインパクトが弱いですね。ここは『**日米最終海戦血風録**』*でいきましょう。有楽出版から発行するあなたの作品には、タイトルの末尾に血風録とつけて、統一感を出すのはどうでしょうか?」

僕はこの申し出に飛びつきました。スティーブン・セガール主演映画の邦題の大部分が『沈黙の××』*で統一されているのに似ていて、なんだか素敵だなあと思ったわけです。

結局のところ、血風録を用いたのは当時ちょっと流行していた海軍新組織ものをテーマにした『**第零艦隊血風録**』までとなりましたが、二〇〇四年から七年間にわたって有楽出版社で新刊を十五冊も上梓《じょうし》できたのは、ミツイさんとの間に信頼関係を築けたからにほかなりません。

有楽出版社はその後、残念にも廃業してしまいましたが、ミツイさんとは現在もなお連絡を取り合う間柄です。先の作品をコスミック出版にて文庫化する際にも力になっていただきました。本当に感謝しております。

日米最終海戦血風録
こちらも二〇二〇年にコスミック出版にて文庫化。タイトルは『戦略超空母〈信濃〉』に改題。

沈黙の××
「戦艦」「要塞」「断崖」「隠謀」「テロリスト」「標的」「聖戦」「追撃」など。これでもほんの一部です。

とはいえ、森羅万象《しんらばんしょう》は常に二局一対。素晴らしい編集者もいれば、そうでもない御仁もおられます。

次に僕が遭遇したトンデモ編集者の**錚々《そうそう》たる面々**をご紹介しましょう。

トンデモ編集者列伝

映画『*大脱走』は男臭さが充満した究極の娯楽映画であり、吹き替え版が最高の出来栄《できば》えです。なかでも印象深いのは故*大木民夫《おおきたみお》によるる冒頭のナレーションでしょう。

僕が遭遇したトンデモな編集者たちをご紹介するにあたり、以下の文言を大木氏の声で脳内再現していただければ欣快《きんかい》です。

「これは事実に基づいた物語である。プライバシー保護の観点から多少の脚色はあるが、登場人物はすべて実在の人物であり、時間と場所は実際におこなわれた

大脱走
一九六三年アメリカ映画。監督ジョン・スタージェス。実話をベースにした戦争映画の大傑作だが、公開当時の評価はそれほどでもなかったそうな。

大木民夫
声優。ナレーター。数々の映画吹き替えやアニメで活躍。二〇一七年没。

邪道な行為を再現したものである……」

【失踪《しっそう》】

日本で屈指の巨大出版社*に勤務する編集者A氏と、どうにかコネがつくれた僕は新作の売り込みに奔走《ほんそう》していました。どうやら企画が通りそうになり、イラストレーターの選定に入った矢先、A氏が失踪。連絡が完全に途絶え、企画も消滅してしまいました。

のちに判明したところによれば、配置転換を命ぜられた直後に出奔《しゅっぽん》し、外国を放浪していたとか。すごいのは数年後、同じ会社に復職していたことです。失踪するほうも呆《あき》れますが、雇うほうも雇うほうです。

【隠し重版】

書店で自分の本を手に取るのは作者の義務であり、最高の愉悦でもあります。その日も僕は過去作をチェックしていましたが、ふと奥付を見て目が点になりました。

巨大出版社
自社ビル2Fのカフェで打ち合わせしましたが、飲み物の大部分が売り切れだったのが印象的。

「初版発行が五月十五日で……うん？　重版発行が八月十五日ってどういうことなの？　増刷したなんて聞いてないよ！」

あたりまえですが、重版には著者の許可が必須《ひっす》です。実入りが増えるわけですから断る作家はまずいませんが、製本後に誤字誤植を見つけてしまった場合、修正ができます。少なくとも本屋で著者が増刷を見つけて仰天《ぎょうてん》といった事態はあってはならないのです。

さっそく担当Ｂ氏に連絡して事情を聞こうとしましたが、いろいろと屁理屈《へりくつ》をこねるばかりで、こちらの質問には答えてくれませんでした。もちろん、重版分の印税など振り込まれません。

そのうち没交渉となり、この件は忘れたほうが精神衛生的に好ましいとの結論に至りました。

後日、某パーティー会場で先輩格の小説家先生にその件を愚痴ったところ、

「ああ、*あの会社は偶数の増刷じゃ印税を払わないことで有名だよ。三刷や五刷でやっと入金される。二刷とか四刷は売れてるように見せかける水増しだ」

と教えていただきましたが、真相は完全に藪《やぶ》の中です。

あの会社
それでも献本を続けていましたが、ある日、住所不明で戻ってきた。公式ＨＰで調べると引っ越ししていた。連絡くらいせいや！

【無視】

某ＰＣゲームの外伝ノベライズのお話をゲーム会社から*頂戴し、Ｃ氏が出版社側の窓口となることを知らされた僕は、初夏にコンタクトを試みました。

しかし、何度メールしても返事がありません。献本してもなしのつぶて。電話をかけてみましたが、いつも留守。相談のしようがないので、とりあえず冒頭をテスト的に書き、それで判断してもらおうと準備していると、年末になり初めてメールが来ました。

長々と書いてありましたが、一言で言えば**「会社やめます」**でした……。

幸いにして企画を引き継いでくれた次の担当編集者が非常に熱心で、八カ月後には新刊として書店に並びました。やっぱり〝ひと〟なんですよねえ。

【まるで他《ひ》人《と》事《ごと》】

上《うえ》田《だ》信《しん》先生は僕がもっとも尊敬するイラストレーターであり、戦争絵画の大家でもあります。架空戦記の表紙も数多く手がけておられ、僕の本でも何回もお世

ゲーム会社から～
最初の打診はツイッター経由でした。SNS時代ですなあ！

話になっています。

　某社から架空戦記を上梓する際、上田先生が担当ですと編集者Ｄ氏より連絡があったため、非常に喜んでいたわけですが、届いたサンプル本を見て凝固してしまいました。

　明らかに上田先生の絵ではなかったからです。

　上田先生はＣＧは使わず、常に絵筆で描かれますが、それはどう見てもＣＧの絵柄だったのです。

　でも、カバーの折り返しには「表紙イラスト　上田信」と明記されています。

　これはどうしたことかとＤ氏に問い糾《ただ》すと、

「あ……気がつきました？　実は別の絵師に変更になりましたが、間違えて上田先生の名前を載せてしまいました。まあ、人生いろんなことがありますよ」

　そりゃそうだが、アンタが言うなや！

　上田先生、その節はご迷惑をおかけいたしました（平伏）。


【現金要求】

フリーのプランナーE氏からの連絡はなかなかに衝撃的でした。

「原因は不明ながら、発注したイラストレーターとの関係が悪化した。ついては和解金で解決したい。吉田にも払ってもらう」

なんで会ったこともなければ、話をしたこともないイラストレーターにお金を払わないといけないのか、さっぱり意味がわかりませんでした。

警戒した僕はふたつの条件を出しました。領収書を発行すること、今回が最後の請求であると一筆書くこと。ともに今後のトラブルに備えての予防策です。

で、相手の返事ですが、

「フン！　もういい！」

でした。そのあとで、別の信頼できる編集者に間に入ってもらい、自分のおこないがどれほど的《まと》外《はず》れなものかを認識させ、ようやく仕事が前に進み始めたわけです。

後日、件《くだん》のイラストレーターと連絡を取ったところ、E氏のおかしな言い分が判明しました。

「私は、このイラストで問題ないと思うが、吉田が気に入らないと言っている。

だから描き直し」

いや、気に入るとか気に入らないとかじゃなくて、その時点で僕はイラストを見せてもらっていません。

結局、イラストレーター氏と僕との間で「E氏には気をつけよう」という共通認識が生まれ、その縁もあって他社で一緒に仕事をする仲になるのですが、それはまた別のお話。

【印税入金遅延】

某社社長のF氏。最初に二冊新刊を上梓させていただき、大きなトラブルなしに印税も頂戴できたのですが、次の本を出したあとにナントモハヤな事態に。

印税振込予定日の前日（本当に一日前！）になって**「新刊の印税ですが一カ月遅れます」**との無味乾燥なメールが届いたのです。

ええ、そりゃ待ちますよ。でも、その断定口調は如何《いかが》なものでせうか。

「先生の*玉稿《ぎょくこう》を頂戴したにもかかわらず、申しわけございませんが、弊社の経営状態が思わしくありません。八方手は尽くしましたが、予定日までに印税を用

玉稿
相手を敬い、その原稿を指す語。すでに死語だが、言われて悪い気はしない。

意することができませんでした。どうかお時間を頂戴するわけにはまいりませんでしょうか？」

くらいに書けば**「うむ。苦しゅうない。よきに計らえ」**くらいは言ってあげたのに（笑）。なお、印税は激安でした。二冊書いてほかのノベルス一冊分にも届かないありさまです。

しかし、僕はまだマシなほうでした。一カ月後に安いながらも印税が振り込まれたからです。その後に同社から新刊を出した作家には、とうとう一[*]円も払われなかったとか。

二〇二一年現在、その出版社がまだ存続しているのにもビックリです。

【放置か忘却か】

ミリタリー兵器図鑑を作りたいと言ってきた某ゲーム会社出版部のG氏。十代から遊んでいたゲームの会社だったため、ライター募集のお声がかかったときは速攻で手をあげました。原稿はすぐ完成し、送付も終えたのですが、待てど暮らせど返事がありません。

一円も～
作者だけでなく、編集者もイラストレーターも全員がタダ働きだったとの話です。今からでも払えやと思います。

放置期間は一年に及びました。僕の担当は数ページだったので、正直なところ半ば忘れていました。

しかし、原稿はライターが十数人で執筆しており、なかには膨大な量のテキストを書いたひともいます。後輩からＧ氏と連絡がつくならせっついてほしいとの依頼を受け、僕はこんな短いメールを出しました。

「以下の二点にご回答賜《たまわ》れば幸いです。
一、ミリタリー兵器図鑑は出版されますか？
二、吉田親司に原稿料を払う意志をお持ちですか？」

喧嘩を売ってるレベルの物言いだとはわかってましたが、これくらい言わないとまた無視されると考えたのです。

返事はその日のうちに来ました。

「相すみませんが、これからゲラを作りますので、あと少し時間をください」

そこから先はトントン拍《ぴょう》子《し》で、半月もしないうちにゲラが到着しました。数カ月後に本も出ましたし、原稿料も頂戴しました。

しかし、あまりにもタイミングがよすぎます。

ひょっとして本当に忘れてたんじゃない？　僕のメールで思い出して、慌てて作業を再開したんじゃないだろうかという疑念が拭《ぬぐ》いきれないのです……。

【社内連絡線途絶】

某社より新刊を出して数カ月後、同じ会社のデジタル版権部より嬉《うれ》しい連絡を頂戴しました。

「あなたの新刊を電子化したいので許可をもらえますか？」

結構なお話なので、すぐさまＯＫの返事をメールしたところ、配信予定の日付を教えていただきました。なるほど、その日にはＡＭＡＺＯＮキンドルで買えるようになっており、自分大好きっ子の僕は自腹でポチったりしたものです。

ところが、半年ほど経過したあと、同社編集長Ｈ氏よりこんなメールが届いたのです。

「あなたの新刊を電子化したいので許可をもらえますか？」

……ちょっとなにを言っているのかわからなかったですね。

デジタル版権部から連絡を受けて、このタイトルは半年前に電子化されている事実を電話にて伝えたところ、絶句したような調子で「本当だあ……」と呟《つぶや》いていたのが印象的でした。

社内で部署ごとに横の連絡とかないんでしょうかねえ……。

前述のトンデモ編集者たちは個性と我《が》が強すぎて、共通する特徴はないようにも思えます。

強《し》いて言えば知識の薄さでしょう。彼らと話していて強く感じたのは、編集者であるにもかかわらず、あまり本を読んでいない現実でした。さすがに自社の本は知っていますが、他社の新刊*はまるで知らないのです。

さらに困ったことに、この傾向は作家志望者にも波及しつつあるのです。

インプットなくしてアウトプットなし

他社の新刊
僕は「商売敵の本なんか誰が読むか」と怒鳴られた経験があります。敵を知らずして勝てるかよ！

小説家を志す若者と話をしていてヒシヒシと感じることがあります。〝読まずに書きたがる人があまりにも多すぎる〟という現実です。

理由は「読書の時間が捻出《ねんしゅつ》できない」とか「本が高くて買えない」など様々ですが、僕がいちばん衝撃的だったのは「小説家指南書には読む必要なしと書いてあった。だから読まない」という声でした。

僕も「作家養成講座」みたいな書籍は大好物ですし、少しでも巧《うま》くなりたいと何冊も目を通していますが、読書をそれほど重視していない指南書が散見されるのも事実です。数冊の内容を強引に要約すれば、こんな感じになるでしょう。

「書くのと読むのは別物。なろう系やライトノベルはレベルが低い作品が市場に溢《あふ》れており、そうしたモノを真似してしまうと逆に危険。自分だけを信じて質の高いオリジナルで勝負すべし」

結論から書けば、それで通用するのは天賦《てんぷ》の才能に恵まれたごく一握りの強運な人だけです。

映画『アマデウス』*のモーツァルトのように、途轍《とてつ》もない才覚を生まれながら持っているクリエイターは悔しいことに一定数存在します。そうした天才は他者から吸収する必要もないでしょうし、やがて編集者に見いだされ、独特の感性で物語をつむいでいくはずです。けれども、僕は作家を志したときは凡才以下でございました。あなたもすさまじい天才というわけではないはず。

ならばこそインプットを怠《おこた》ってはなりません。

僕は作家志望者の若者には、ひとつの目安として千冊を読むよう奨《すす》めています。一週間に二冊読めば、年に百冊。十年で千冊です。中学生から始めれば、二十代の半ばで到達できる計算です。

読破数はそのまま読書力に変換されます。読書力さえ備われば「市場に溢れているレベルが低い作品」など一目で看破できるようになり、それを「真似してしまう危険」など無視できるレベルに小さくなります。

「俺は前例に縛《しば》られない型破りな小説を書く！　だから読書など必要ない！」

アマデウス
一九八四年アメリカ映画。監督ミロス・フォアマン。神に愛されたモーツァルトと、それを妬んだサリエリの物語。観るたびにサリエリに感情移入してしまう凡才必見の名画。

そう勇ましくおっしゃる人もいるでしょう。でも、型を知らなければ型は破れません。あなたの作品はただのデタラメで終わる公算も強いでしょう。

また、たとえ天才といえども、インプットを怠ると思わぬ弊害が生じることもあります。

いわゆる*ネタ被りです。

たとえば、令和三年の現在で「大正時代を舞台に少年が鬼とチャンバラする話」や「破滅した世界の城塞《じょうさい》都市で巨人を迎え撃つ話」をどんなに面白く書いたとしても、商業出版は不可能でしょう。

先人が積み重ねた遺産を無視すべきではありません。あなたが考えつくようなストーリーは、恐らく類似品を過去に誰かが書いているでしょう。どれだけオリジナリティーを力説しようと後発品は不利です。パクリだと言われないためにも、やはり読書は必要なのです。

次項では悪質なパクリについてご紹介したいと思います。

被害者は僕でした。

ネタ被り
言うまでもないが『鬼滅の刃』と『進撃の巨人』のことである。

僕はパクられた

架空戦記作家を中心に執筆してきた僕ですが、ライトノベルも何冊か上梓しております。売り上げは散々でございましたが、その嚆矢《こうし》となったのがアスキー・メディアワークス社（当時）から発売された電撃文庫『ＭＭ』*シリーズでした。

電撃文庫『ＭＭ　記憶師たちの夜明け』　二〇〇四年十二月刊行
『ＷＷ　記憶師たちの黄昏』　二〇〇五年十一月刊行

わざわざ刊行年月を書いたのには理由があります。次に掲げる小説よりも前に発売されている事実を証明するためです。

ジグザグノベルズ『闇の王』*　二〇〇七年二月刊行

ＭＭシリーズ
完結編として『ＭＷ』を予定していた。ロゴマークをメディアワークスのそれと同一にせんと目論んでいたが、野望は売り上げの前に断たれた。

闇の王
発行／株式会社リーフ
著者／高橋ショウ

いずれも現物の奥付から引用したもので、間違いはありません。つまり『闇の王』という本は、僕の『ＭＭ』シリーズより後に発売された書籍となります。

それでなのですが、困ったことにですね、内容が同一なのですよ……。

どのくらい似ているかというと『七人の侍』[*]と『荒野の七人』[*]以上です。美貌と強靱《きょうじん》さを兼ね備えた母親、極端なマザコンの息子、凶暴なチビのＪＫというキャラクター設定が完全に同じですし、物語の展開も原作（？）をなぞっています。そのままトレスした場面も多いです。

一例をあげるなら『ＭＭ』にはチビＪＫこと萌恵サマが授業を抜けだし、購買店員を記憶操作してカレーパンを買い占めるというシーンがありますが、『闇の王』では、それがそっくりそのまま再現されています（カレーパンではなくてチョココロネになっているのは、あるいは良心の欠片《かけら》かもしれません）。

展開や舞台設定が似ているだけなら別にいいのです。架空戦記だって大同小異です。似たような話を手を替え品を替えで展開させているにすぎません。

ですが、ここまでなにもかも同一ですと、もはや看過できません。現在に至るまで僕にはなんの連絡もありませんし、偶然じゃない証拠もあります。

七人の侍
一九五四年日本映画。監督黒澤明。台詞が聞き取りにくいことを除けば天下無双の大傑作。

荒野の七人
一九六〇年アメリカ映画。監督ジョン・スタージェス。「七人の侍」を西部劇としてリメイク。東宝の権利許諾を得て作られており、けっして盗作ではない。

実はSB《ソフトバンク》クリエイティブのGA文庫編集長（当時）のKムラ氏から、次のような証言を頂戴しているのです。

「彼は小説を持ち込んできた。あらすじを読み、吉田親司の『MM』シリーズに似てますねと指摘したところ、連絡が途絶えてしまった。その後にジグザグノベルズから出版されて驚いた」

Kムラ氏は『8ガールズ・オデッセイ』[*]というライトノベルをGA文庫から発表した際にお世話になりましたが、危険を一発で見破るところはさすがにプロの編集者ですね。

もうひとつ。『MM』シリーズですが、『電撃文庫HP《エイチピー》　VOLUME38号（二〇〇五年十月刊行）』に「WW外伝　BB」という短編を書きました。

巨乳なお母さんと貧乳JKがお風呂場でキャッキャウフフする番外編ですが、驚いたことに、こちらも『闇の王』に完コピに近い格好で使われています。

文庫にも収録されていない外伝まで目を通していることから、『闇の王』の作

8ガールズ・オデッセイ　拙作。宇宙船で目覚めた8人の少女たちを襲う事件の数々。つまり萩尾望都『11人いる!』のオマージュだが、話はまったくの別物。

者は間違いなく熱心な僕の読者だとわかります。それ自体はとてもありがたいのですが、愛情表現の方法を間違ったとしか言いようがありません。

強調しておきますが、オマージュ、パスティーシュ、パロディが駄目と言っているのではありません。

僕の本なんか頭から尻尾までパロディだらけです。小説のみならず映画、アニメ、マンガ、舞台劇からいろいろ拝借させて戴いております。

この際ですから白状してしまいますが、『超武装空母艦隊』（コスミック文庫）では『男はつらいよ』*までオマージュしているくらいです。

僕の見解ですが、オリジナルへの愛情と敬意さえ十分にあれば、多少の引用は許されるべきだと考えています。ただし、守らねばならない不文律があります。

「一冊の本から真似するのは一行だけ」

これを無視すれば、手痛いしっぺ返しを食らうことになりかねません。

記憶に新しいところでは、二〇一八年に講談社第六十一回群像新人文学賞を受賞した北条《ほうじょう》裕子《ゆうこ》さんの『美しい顔』が、ほかの本との類似点が多すぎると問題

男はつらいよ　寅次郎夕焼け小焼け
一九七六年日本映画。監督山田洋次。神保町の古書店で登場する大滝秀治さんの台詞を一部拝借しました。

視されたことがありました。

検証の結果、『美しい顔』が引用したと思《おぼ》しき場面は十数カ所に及びました。

特に同じ本から数カ所を書き写したのが致命傷でした。

ぶっちゃけ**一冊に一カ所のコピーであれば、たとえ指摘されても「偶然の一致」で逃げ切れる**ので、追及側の矛先も緩み、大事《おおごと》にはならなかったはずです。


僕は『闇の王』の内容が『ＭＭ』シリーズに酷似していると知り、担当編集のタカバヤシ氏に相談しました。その結果、ＫＡＤＯＫＡＷＡの法務部に話を通す直前までいったのです。

しかし、僕やアスキー・メディアワークス社が『闇の王』の作者を訴えることはありませんでした。

ジグザグノベルズをリリースしていた株式会社リーフが、二〇〇七年四月五日に業務停止し、事実上倒産してしまったからです。

出版元が消滅した以上、訴える相手は作者でしょうが、裁判などやってる暇《ひま》があったら別の原稿を書きたいので、この一件は忘れるのが最善という結論に至りました。

それに実際のところ、僕がわざわざ手を下す必要もなかったのです。

ここで日付にご注目。『闇の王』の発売が二〇〇七年二月で、それから二カ月後に株式会社リーフが破産しています。

そして、書籍の印税は出版社ごとに差はありますが、たいてい発売後、二カ月から三カ月は経《た》たないと振り込まれません。

倒産することが決まっている出版社が早手回しで印税を渡すとも思えません。

つまり、『闇の王』の作者は一円も受け取っていないはずです。

天《てん》網《もう》恢《かい》々《かい》疎《そ》にして漏らさず。印税はもらえず、編集者の信用を失い、こうした本でネタにされて、まさしく骨折り損のくたびれ儲《もう》け。いいことは全然なかったでしょうね。

僕から『闇の王』の作者に言いたいことはひとつだけです。

「どうせパクるんやったらオリジナルより面白うせいや！」

企画書と離婚

前項のように自業自得で滅びるのならば仕方ありませんが、売れなかった結果として淘汰《とうた》されてしまう小説家が続出している現実があります。

編集者の審査を潜《くぐ》り抜けて出版されている以上、どんな小説でも一定の面白さは確保されているはずですが、世間のニーズにマッチせず、津波のような量の刊行物に埋没してしまう危険はつきまといます。

作家は常にそんな現実と戦い続けなければなりません。

いつまで？　勝利を収めるまでです。

あなたが雷撃文庫から上梓した『インサイド・ゲヘナ』でしたが、売れ行きが芳《かんば》しくなく、二巻で終了と相なりました。

いちおう物語としてはラストまで描けたため、尻切れトンボとはならず、アマゾンの評価や*読書メーターでエゴサーチに勤《いそ》しんだ結果、読者からの評判はまず

読書メーター
https://bookmeter.com

まずの様子です。

販売実績に繋《つな》がらなかったのは無念ですが、面白いものを書きたいという方向性は間違っていなかったわけです。感想を書いてくれた読者は、あなたの作品を記憶の隅にとどめてくれるでしょう。

この状況で次になすべき行動はただひとつ。新作を書くことです。

がっかりしている暇などありません。あなたは雷撃文庫の編集者と立派なコネができたのです。ほかの作家志望者からすれば、もう垂涎《すいぜん》の的《まと》。これを使わぬ手はありません。

どうしても書きたいモノがあれば、相談なしに一気に仕上げてしまうのも**一手**です。湧き起こる情熱を燃料に書き上げたならば、間違いなく勢いのある作品となりますし、編集者は形になった原稿を粗末にはしません。*門前払いはあり得ないでしょう。できがよければ、即採用かもしれませんし、再び穴埋め用の原稿として採用される可能性も濃厚です。

ただし、いきなりの完成原稿提出にはリスクがともないます。

いちばん怖いのは、やはりネタ被りです。

門前払い
実際のところ商業出版をものにしている作家ならまず門前払いは考えずともよい。いつブレイクするかは誰にもわからないためだ。

大手出版社ならば、かなりの数の小説家を抱えていて当然ですし、まだ発売されていない新刊も数多くあります。そのなかの一冊とたまたま設定や内容が似ていれば、おそらくボツにされてしまうでしょう。

ここは次の展開を見据え、慎重に動くべきです。

作家が書きたいモノと、編集者が書かせたいモノと、読者が読みたいモノが常に重なるならば、これくらい幸せな関係はないでしょうが、ままならぬのがこの世の常。ここは三つの要素が重なる部分を模索しなければなりません。

新作が採用される確率をあげる王道は、**企画書**を用意することです。

簡単に言えば、こんな小説を出せば売れますよと書いたペーパーです。

タイトル（仮題）と簡潔なストーリー、メインキャラクターの紹介、完成予定時期などが必要となります。

肝心なのは、なるべく短くまとめることです。Ａ４用紙で二枚程度にまで圧縮しましょう。

編集者は企画書を数多く読まなければなりません。それが通用するかどうかを手早くジャッジしたいわけです。長々と書いたところで、ストーリーだけ読んで駄目出しを食らえば、まったくの徒労となってしまいます。

長く書くのではなく、多く書くほうに注力しましょう。

企画書はひとつではなく、いちどに複数提出すべきです。三〜五作品を同時に提案すれば、さすがに全滅*というケースはまれでしょう。

結局、あなたは三つの企画書を雷撃文庫に提出しました。すると編集者は、「最初のは、ほかの先生の新作とネタが被る。ふたつ目はいくらなんでも古くさい。最後のは面白くなるかもしれないので、もう少し煮詰めた内容を教えろ」などと言ってくると思います。そうなったらしめたものです。すぐに第二稿として詳しい企画書を準備しましょう。

初稿はA4用紙二枚でしたが、今度は長く書くべきです。四〜五倍の分量でも大丈夫。初稿ではカットしていたテーマやサブキャラクターなども子細に記し、章割りまでやってしまいましょう。

物語の展開を、プロローグからエピローグまで記すのです。実際に書いている

全滅
とはいえ、過去に一度だけ全滅経験あります。「面白い企画だが、いまのあなたにこれが書けるとは思えない」と通告された時はショックでした……。

うちに変化するかもしれませんが、現状における設計図を示せば編集者を納得させやすいのです。

同時に物語の冒頭部分を書いて同送すると非常に効果的です。判断材料になるだけでなく、すでに着手しているという姿勢を示すことにもなります。


ここは企画のひとつが認められ、執筆にゴーサインが出たとしましょう。

仕事の進め方は処女作の場合と同じです。全身全霊を振り絞《しぼ》り、最高の作品を仕上げてください。あなたには雷撃文庫から二冊を上梓したというゆるぎない実績があります。自信を持って書き進めましょう。

そして数カ月後——どうにか完成した第二作が雷撃文庫から発売されました。

これが大評判となりコミック化やアニメ化、映画化が次々に決まれば……いいのですが、無念にもあまり売れ*ませんでした。

前作で興味を持ってくれた熱心な読者には響きましたが、絶対数はまだ少ないままで、雷撃文庫の営業サイドが期待する値には届かなかったのです。残念ですが一巻で打ち切りが決定しました。

売れませんでした
編集者が明確に「売れなかったよ」と言うことはあまりないです。こちらから聞けば教えてはくれますが……。

で、まあ、このあたりから編集者の態度が徐々に変わり始めます。
フラグのひとつがメールです。返事が遅くなったり、質問を無視されたりした場合には、あなたという小説家に失望した兆《きざ》しだと判断すべきでしょう。
極論を言えば「あいつは三冊も書かせてやったのに結果を残せなかった。もう見切りをつけなければ、こっちの立場が危うい」くらいに考えているかもしれません。

圧倒的劣勢下ですが、それでも雷撃文庫から新刊を出せる可能性はあります。新しい企画書をなるべく多く書き上げ、送り続けましょう。

ここで編集者の反応をしっかり見極《みきわ》めます。企画書を送っても、反応が極端に薄かったり、あるいは返事がもらえなくなったりする場合は、そろそろ雷撃文庫と円満に離婚する方法を考えなければなりません。

目指すのは喧嘩《けんか》別れではなく、協議離婚です。遠くない将来、再び一緒になるチャンスを秘めた未来志向の別離です。

ここで過去の献本が生きてきます。あなたはすでにハードバンク社から執筆の打診を受けているではありませんか。新天地を求めるのは決して悪いことではないのです。

あたりまえですが、雷撃文庫の編集者には絶対に相談してください。ここは小《こ》細《ざい》工《く》をやめて正直に告白しましょう。

「このところ印税収入がなく、苦しい状況です。ハードバンク社から執筆依頼の誘いが来ています。もしも雷撃文庫のほうで私の企画が通りにくい状況であれば、そちらで頑張《がんば》ってみたいのですが、お許し願えませんでしょうか？」

編集者としても迷いどころでしょうが、印税収入がけっして高額ではないことは把握していますから、食べていけないと言われれば無理やり引きとめることはできません。

また、こちらが自助努力で移籍先を見つけてきたわけであり、裸一貫で放り出すという後味の悪い事態は回避できますから、かなりの確率で移籍の許可が出るはずです。

もし、翻意《ほんい》や慰留を求められたならば、まだあなたに商品的価値を見いだしているわけです。もういちど新作の検討を強く願い出てみましょう。やっぱり企画書を作って送付するわけですが、今回は編集者のほうからお題を頂戴するのです。

つまり、通りそうな題材や設定の傾向を聞き出し、それに則《のっと》って新作の企画書を練る作戦です。もちろん、あなたの*個性を薄れさせてはいけません。

それでも相手の反応が鈍く、暖簾《のれん》に腕押し糠《ぬか》にクギ状態であれば、再び丁寧に移籍をお願いするのです。

すべて手を打ったが、どうしても満足させられる企画を立ち上げることができないと謝罪すれば、編集者も最後には移籍を認めてくれるでしょう。

晴れてフリーの身になったなら、さっそく売り込みの準備に入りましょう。

幸いにして、あなたの手元にはボツになった企画書がたくさんあります。これをリサイクルする好機です。

出版社やレーベルごとに色というものがありますし、編集者の好みもそれぞれです。雷撃文庫ではネタが被るようでも、ハードバンク文庫ならば大丈夫というケースも想定されます。

厳選した企画書をいくつか準備し、ハードバンク社に一報を入れましょう。

個性を薄れさせては 単に流行に乗るだけでは駄目。あなたしか書けないものを書くべし。

「ようやく新作を書く準備と態勢が調《ととの》いました。いくつか企画書を送付します。どうかご検討賜りますようお願い申し上げます」

と書けば、ハードバンク文庫の編集者も事情を察してくれます。今回は相手から執筆の打診があったわけですから、企画もかなり通りやすいはずです。

ゴーサインが出たら、再び一心不乱に書き始めてください。常にこれが最後の作品と考え、持てるテクニックとアイディアを総動員してください。売れる本を作るためにあなたができる可能行動としては、それが最善かつ最強なのです。

犬と猫とスカウトデビュー

小説家には野良犬型と飼い猫型がいるといわれます。野良犬型は人間、つまり編集者に懐《なつ》き、飼い猫型は家、つまり出版社につくというわけです。

一長一短があるため、どちらが得かは断言できませんが、それこそ億を稼ごうと思えば飼い猫型しかないでしょう。ベストセラーをいくつもモノにすれば、気に入らない編集者などいくらでもチェンジできますし、看板作家ともなれば出版社が絶対に離してくれません。

しかしながら、ときに出版社は倒産しますし、経営方針の転換で文庫やノベルスのレーベルを打ち切ってしまう場合もあります。長く猫型を続ければ、ほかに取引先を作ることが難しいため、天国から地獄へ直行する場合も考えられます。

いっぽうの野良犬型ですが、細く長く続けようと思うならば、こっちがベターでしょう。家である出版社のブランドなどは気にもせず、ゴハンをくれる（本を出してくれる）御主人さまに寄り添うわけです。

また御主人さまは生涯にただひとりとは限りません。賢い犬であれば、散歩の途中で新たな候補者を見つけておき、飼い主に見捨てられた場合はそっちへ身を寄せるといった身の振り方ができるものです。

僕は猫を飼っていますが、小説家としては典型的な犬型です。編集者が移籍するたびにホイホイついて行きますし、あちこちに第二、第三の御主人さまがいらっしゃいます。ワンワン。

節操なしだと自分でも思いますし、まるで渡り鳥か風来坊のようですが、逆に考えれば、様々な出版社から引き合いが来ているわけで、実力を認められた証拠だと強弁できなくもありません。

野良犬は環境に左右されず、しぶとく生き残るもの。これもまたサバイバル術のひとつだと申せましょう。


ハードバンク文庫の編集者に原稿を提出して数カ月後。あなたの新刊の発売がついに決定しました。

数度のゲラチェックのあとサンプルが到着。デビュー作とは一味違った新鮮な喜びが全身を満たすことでしょう。

しかし、感慨に耽《ふけ》っている暇はありません。あなたは再び献本作業に勤《いそ》しまなければならないのです。

出版社から届いたばかりのサンプルを、また出版社のある東京方面に送り返すわけで、なんとも不条理な感もありますが、ここが生き残れるかどうかの境目です。

デビュー作とは違う出版社から新刊を出せたという事実は、実質的にフリーになったという宣言でもあるからです。

雷撃文庫には大きな義理がありましたし、契約で縛られるケースも想定されましたが、二社目ともなれば事情が異なりますから、もう遠慮はいりません。

思いつくかぎりの出版社に献本してください。その際、同封する手紙に**「なんでも書きます！　仕事ください！」**と露骨にアピールしてください。

ただし、ハードバンク文庫の編集者にはいちおう話を通しましょう。

「今後、小説家として活動の幅を広げていきたいと考えています。ハードバンク文庫さんを最優先させていただきますが、別の出版社からも打診を受けておりますので、近々そちらでも頑張っていく覚悟です」

ここまで言えば、妙な契約であなたを縛ろうとはしないはずです。

仮に「ウチだけで書いてくれ」と言われたのであれば、シリーズ化が約束されたも同然ですから、それはそれで喜ばしいことです。再び打ち切りの洗礼を浴びてから、また他社に営業をかければよいのです。

そして大切なことをひとつ。雷撃文庫の編集者にも献本することを絶対に忘れないように。恩返しであると同時に、真の実力をアピールする好機です。本当に面白い仕上がりになっていれば、早々に[*]復帰の打診があるかもしれません。

ハードバンク文庫だけでなく、他社からも原稿執筆の依頼があれば、時間の許すかぎり受けましょう。

第三、第四の出版社から新刊を出していけば、あなたの評判は確固たるものになりますし、いつかはヒット作にもめぐり逢えるでしょう。


これまで長らく「新人賞に応募してのデビュー」について語ってきました。

長く活動を続けたいのであれば、現状ではこれこそベストな選択肢だと判断しますが、公募以外でデビューを果たすひとも一定数いらっしゃいます。

いわゆる〝なろう系〟です。小説投稿サイトでランキングの上位ともなれば、書籍化の話が舞い込んでもおかしくはありません。

ここは業界でもトップの実績を誇るフロントライン社の〝[*]MPブックス〟からスカウトされてデビューできたと仮定し、その後の生き残り方法を探ってみましょう。

復帰の打診
喧嘩別れさえしていなければ、いつ話があってもおかしくないです。頃合いを見計らい、また企画書を送付してみましょう。

MPブックス
似たような社名の出版社もありますが、偶然の一致です。あしからず。

編集者から連絡があり、打ち合わせのあと原稿を修正し、提出後にゲラが届くあたりまでは、これまでに書いたケースと同一です。

ただし、新人賞受賞者と比較して、あなたの扱いはやや軽くなります。印税以外に賞金などビタ一文ありませんし、業界の常識*をレクチャーしてくれるかも疑問です。また宣伝もあまり期待できません。

本を売るためには、あなたにセルフ・プロデュース能力が求められます。各種ＳＮＳやブログ、ホームページ開設などで自著の宣伝に励み、知名度のアップを目指してください。

そして、ここからが大事です。最初の一冊が出ると同時に、やっぱり献本作業に励むわけですが、初《しょ》っ端《ぱな》から「お仕事ください！」と連呼するのです。

ＭＰブックスの編集者ですが、おそらくよそで書いては駄目とは言いません。正確には、とても言えません。実質上の専属作家として縛りつけるだけの印税を払えないからです。

ＭＰブックスの場合ですが、Ｂ６版で定価は千三百円。新人の場合、部数は三千部から四千部といった案配でしょう。

業界の常識
これを教えないのは悪しき風習。どうか本書で補完してください。

つまり、印税は最大でも四十六万円強といった感じになります。一年間に四冊出しても年収二百万円に届かないのです。

これでは生活が成り立ちません。新人賞を受賞したわけではありませんから、フロントライン社に過大な義理は抱かずとも大丈夫です。

食うためにほかでも書くしかないんですと正直に告げれば、フロントライン社の編集者もノーとは口にできないでしょう。

なろう系は、傾向として大長編でなければランキング上位を占めることが難しくなっています。テキストの分量としては、もはや文庫や新書では一冊で収録ができないレベルです。

ですが、昨今の出版界の情勢を鑑《かんが》みれば、最後まで書籍化されるケースは少なくなりつつあります。あまり売れなければ一巻打ち切り[*]も十分考えられます。

そうなると、状況は悪いほうへ転がり始めます。

他社に献本しても**「MPブックスに拾ってもらったのに一冊しか出せなかった実力のないライター」**という評価になってしまいます。

一巻打ち切り
たまにありますが続きはWebで！　というのは悲しすぎます。

なろう系でスカウトされた場合、よくないことに編集者は新人賞の受賞者より一段階下に見てしまいがちで、新作の企画を提案しても軽い扱いをされる場合が多いのです。それこそ僕が言われたように「新作をなろうに投稿して、一位取ってからまた来てね」と通告されてしまうかもしれません。

悪評を振りほどくべく、別のペンネームに変えて再デビューを模索する方法もありますが、せっかく獲得した過去の読者を完全に切り捨てることになるため、あまりお奨めはできません。


結論としてスカウトデビューの場合、**実質的に一発勝負**となります。

処女作が大いに売れ、そのままコミック化、アニメ化されてベストセラー街道を驀《ばく》進《しん》するか、それとも一冊で消えてしまうかです。

大いに成功しているなろう系作家が一定数いるいっぽうで、人知れず廃業してしまった作家はその何倍もいます。

面白くない結論ですが、再度強調しておきます。作家として生き残るためにはやはり新人賞に投稿し、一定の結果を出すのがベストなのです。

第6章

アイズ・ワイド・オープン

戦国架空戦記の衰退

戦略・戦術なしに戦争に挑《いど》めば必敗は確実ですが、この大原則はあらゆる勝負事に応用がききます。著述業もまた然《しか》り。サバイバルを極《きわ》めるには、勝ち抜くための青写真が必要です。

百冊超の本を世に出してきました僕ですが、行きあたりばったりに書いてきたわけではありません。読者に面白がってもらうのが第一ですが、いつも次の仕事に繋《つな》がるような要素《ファクター》を挟《はさ》み込み、目《め》利《き》きの編集者が読めばわかるような工夫を施していたのです。

いわゆる王道の架空戦記であれば、数十人のキャラクターが活躍する群像劇にするのが最適解です。けれども、そうした作品はすでに横山信義*先生が極めておられます。あと追いで真似をしてもショボいものにしかなりません。

だからこそ、僕にしか書けない一風変わった内容の架空戦記で勝負をしようと決めたわけです。

横山信義
小説家。架空戦記業界をリードする巨匠。代表作に『八八艦隊物語』『ビッグY 戦艦大和の戦後史』など。

デビュー直後から架空戦記を上梓《じょうし》していた僕でしたが、このポジションに胡座《あぐら》をかいていられないことは最初から自覚しておりました。

すでに二〇〇一年頃から架空戦記は*終わコン扱いでしたし、ブームが早晩消えてしまうのは火を見るより明らかでした。

僕がその兆候を感じ取ったのは、戦国架空戦記の潮流を見極めたときです。

当時の歴史改編小説の勢力分布ですが、第二次世界大戦をテーマにしたものが六割、近未来戦が一割、そして*戦国時代を舞台にしたものが三割といった感じでした。

最初こそ本能寺を脱出した織田信長《おだのぶなが》や、上洛に成功した武田信玄《たけだしんげん》、奥州に独立政権を築いた伊達政宗《だてまさむね》など、本当にバラエティー豊かでしたが、その末期はワンパターン化が激しくなっていきました。

関ヶ原《せきがはら》もしくは大坂夏の陣で、真田《さなだ》家が徳川家康《とくがわいえやす》を倒す話ばかりになってしまったのです。

これは明らかに読者に寄り添いすぎた弊害です。顧客の求めるモノを提供する

終わコン
終わったコンテンツの略。そう言われてから二十年も持ったのだから、誰か褒めてほしい。

戦国時代を舞台
歴史群像新書（学研）とワニノベルス（KKベストセラーズ）は力を入れていた。一時期は幕末や三国志の架空戦記も出版されていた。

のは大切ですが、先鋭化が極端になりすぎたあげく、多くの作家が同一の最適解めいた代物に行き着いてしまったのです。

要するに「関ヶ原か大坂で家康が死ぬ話」でした。売れ行きを考えれば、それが最善だったわけですが、同じ話ばかりでは読者もすぐに飽《あ》き、先細りが加速してしまうだけです。

実は僕にも戦国架空戦記を書かないかという打診はあり、企画を出したこともあるのですが、*家康とも真田とも関ヶ原とも関係のない内容だったので、ボツになってました。

これは危険な兆候でした。戦国架空戦記は滅びの道をひた走っており、それと同様の先鋭化が太平洋戦争をテーマにした架空戦記にも波及しようとしていたのです。

自衛隊がタイムスリップして過去の歴史に介入するという物語は、*半《はん》村《むら》良《りょう》先生の『**戦国自衛隊**』を嚆《こう》矢《し》とし、かわぐちかいじ先生のコミック『**ジパング**』の大ヒットで全盛を極め、架空戦記を牽《けん》引《いん》した一大ジャンルであります。

家康とも真田とも
佐渡島に侵攻してきたティムール王朝軍を武田信玄と上杉謙信がタッグを組んで撃退する話。面白そうでしょ!

半村良
小説家。代表作に『妖星伝』『亜空間要塞』など。二〇〇二年没。

人気のある題材だからこそ、数え切れないほどの作品が発表されました。大傑作からやっつけ仕事まで、まさに玉石混交《ぎょくせきこんこう》です。

僕も、同様の自衛隊タイムスリップものを書いてほしいとの依頼を何度か頂戴《ちょうだい》しましたが、できるだけ別のネタを提案し、回避を続けていました。

考えなしに時流に乗ってしまうと、それしか書けない奴《やつ》と見なされ、いつしか共倒れする危惧が強いと判断したためです。

とはいえ、編集者の意向を無視しては、お仕事がもらえなくなるのも事実。そこで同じタイムスリップものでもいろいろと工夫を凝《こ》らしてみました。

初期作の『**装甲空母〈関ヶ原〉**』（コスミック出版）は、戦前の造船所の社長が平成の世に時空転移し、神保町で現代空母の写真集を手に入れるという知識系の逆転劇です。自分で読み直すとタイムスリップは本当にちょっとだけで、当時の僕はよほど書きたくなかったことが丸わかりです。

畏《おそ》れ多くも『戦国自衛隊』の番外編として執筆した『**自*衛隊三国志**』（世界文化社）だけは例外ですが、大々的に海上自衛隊の艦艇をタイムスリップさせたのは『**バ*ーチャル魔艦〈大和〉**』（白石書店）くらいでしょう。

自衛隊三国志
半村良作品の版権管理者の承諾を得た公式スピンオフ。全二巻。

バーチャル魔艦〈大和〉
輸送艦〈しもきた〉と搭載エアクッション艇のLCACをキスカ撤退戦に投入しました。現在は『灼熱戦線キスカ』と改題され電子書籍が発売中。

結局のところ、僕の嫌《いや》な予想は的中してしまいました。

戦国架空戦記は衰退の道を歩み始め、やがて新作が刊行されなくなってしまいました。学研の歴史群像新書が最後まで頑《がん》張《ば》っていましたが、同社がノベルスを打ち切ると同時に命脈が断たれてしまったようです。

このまま座視していれば、いずれ太平洋戦争をテーマとした架空戦記も同様の運命をたどるのは想像に難くありません。

ならば打って出て死中に活《かつ》を見いだすべし。

僕は編集者と打開策を練りました。その結果、可能行動として見えてきたのが、いわゆる〝萌《も》え戦記〟という禁断の果実でした。

萌え戦記への傾倒

編集者とライターを兼任するマツダ氏は、かつてミリタリーコミック専門誌である『コンバットコミック』の編集長を務めたこともあり、僕と同様、架空戦記を深く愛する人物です。

二〇〇四年の春。マツダ氏は銀河出版の依頼を受け、Ｇノベルスという新しい架空戦記のレーベルを立ち上げようとしていました。

一緒にやらないかと声をかけていただいたときは、非常に感激すると同時に、これはかなり工夫をしなければ駄目だぞと決意を固めたものです。

マツダ氏と面談した結果、Ｇノベルスは自由度が高いため、内容に関しては冒険的なものでも大丈夫と判明しました。そこで僕は女の子が縦横無尽に活躍する架空戦記はどうかと提案したわけです。

当時、架空戦記のおもな読者は五十代前後と考えられていました。荒巻義雄先生の『紺碧《こんぺき》の艦隊』がブレイクしてから、すでに十四年が経過しており、年齢層としては年配者が増えていました。

しかしながら、同時に若い世代の読者も育成されつつありました。ライトノベルを愛読する若者が、架空戦記にも手を伸ばす事例が散見されてきたのです。

女の子を主役として登場させれば、年配者には拒絶反応が出ても当然ですが、若年層には受け入れられる余地があるはず。

すでに前例もありました。*中里融司《なかざとゆうじ》先生が『**軍艦越後の生涯**』（歴史群像新書）という作品で、美女や少女の姿をした〝船魂《ふなだま》〟という存在を登場させていたのです。マンガ家の*飯島祐輔《いいじまゆうすけ》氏が担当したイラストも素晴らしく、二〇〇一年に全三巻が発売されましたが、その後続作品らしきものが出ていませんでした。

時代を先取りしすぎた作品だったわけです。しかしながら、数年を経《へ》て読者層も変化しました。ならば、ここに掘り起こすべき金鉱があるはず。

そう考えた僕が提案し、実現したのが『**血闘絶対国防圏**』でした。

木星が太陽化して夜がなくなった世界で、サイパン島を舞台に神社の巫女《みこ》さん四姉妹と天体観測船に乗ったメイドさん四人衆が大暴れするラノベ……じゃなくて架空戦記です。

マリアナ沖海戦とサイパン防衛戦で日本軍を勝利させるには、ここまで初期設定をいじらなければ駄目でした。無茶な状況を隠すために、さらに無茶な状況を導入するというあくどい手法です。

マツダ氏も大いに乗り気で、キャラクターイラストにはＣｈｉｙｏｋｏ*さんを、メカニックイラストは*今道英治《いまみちえいじ》さんを別々に起用するという力の入れようで

中里融司
小説家・漫画原作者。歴史小説からライトノベル、架空戦記までマルチにこなす才人。二〇〇九年没。

飯島祐輔
漫画家。代表作に『新・旭日の艦隊』『轟拳ヤマト』など。二〇一〇年没。

Ｃｈｉｙｏｋｏ
イラストレーター。「スーパーロボット大戦シリーズ」のオリジナルキャラクターデザインなどを担当。

今道英治
漫画家。アオシマ・コミックスの「レッドホーク」シリーズは本当に面白いので必読です。

した。

　上巻が二〇〇四年十一月、下巻が二〇〇五年二月発売で、「巫女巫女メイド*」と呼ばれていた模様です。好意的な反応が多く、なかでも嬉《うれ》しかったのが、「表紙やあらすじで変な面白さを期待して読んだのに、普通に面白かった」という批評でした。まさしくそれを狙って書いただけに、刺さる読者には刺さったわけです。

　Ｇノベルスでは同時期に*中岡潤一郎《なかおかじゅんいちろう》先生の『**スカーレット・ストーム　第二海軍物語**』が刊行されています。男性の出生率が極端に低下した世界で、女性が大半を占める第二海軍が活躍するという物語です。

　こちらも評判がよく、気をよくした僕とマツダ氏は、次なる計画を実行に移しました。女の子をまたメインに据えてもいいのですが、ここは新機軸として軍艦のキャラクター化を試みました。

　架空戦記では戦艦〈大和《やまと》〉が究極にして至高の存在。よきモノはたくさんあるほうが望ましい。であるならば、個性豊かな〈大和〉を大量に登場させれば、ウケが取れるはず。

巫女巫女メイド
その昔、「巫女みこナース」というゲームがあったのです。

中岡潤一郎
小説家。架空戦記と時代小説を数多く発表している。五〇万トン級戦艦が登場する『超超弩級戦艦土佐』は傑作！

その目論見《もくろみ》に基づいて書かれたのが、『**世界戦艦大和列伝***』です。

美人スパイの暗躍で、世界各国に大和型戦艦の設計図がばら撒《ま》かれてしまい、列強海軍が相争うように四六センチ砲搭載戦艦の建造に奔走《ほんそう》した結果、壮絶なる〝ヤマト・ファイト〟が惹起《じゃっき》した、というお話でした。

日本の〈サムライ・ヤマト〉、アメリカは〈ヤンキー・ヤマト〉、イギリスの〈ジョンブル・ヤマト〉、フランスの〈レボリューション・ヤマト〉にイタリアが〈マカロニ・ヤマト〉、オランダの〈ネーデル・ヤマト〉にドイツの〈ケーニヒス・ヤマト〉、そしてソ連は〈ヤマトスキー〉……。

飯島祐輔先生の緻密《ちみつ》なイラストを引っ提《さ》げ、二〇〇六年に発売された『世界戦艦大和列伝』は、その前の『血闘絶対国防圏』と合わせ、僕にとってエポック・メイキングな作品となりました。

長いシリーズをものにすることが、小説家にとって最高のステイタスだと信じ込んでいましたが、上下二巻という冊数でも読者の反応は得られるし、売り上げ的にも悪くない数字が残せるとわかったからです。

三巻や五巻といった巻数だと、さすがに中途参入してくださる読者は少ないで

世界戦艦大和列伝
よく「機動武闘伝Gガンダム」が元ネタだろうと言われますが、実は高橋葉介先生の『夢幻紳士　活劇編』に収録された「上海の夢幻紳士」にインスパイアされました。この場を借りて御礼申し上げます。

すが、上下巻ならば一気に買って一気に読んでくださる方が案外いらっしゃるわけです。

これからは短期決戦モードで尖《とが》ったモノを書いていったほうが、生き残れる目が高い。そんな戦略を練っている最中、ベストセラーズのマツモリ氏から新作のお題を頂戴したのです。

それが大長編となる『**女皇の帝国**』シリーズの提案書でした。

女皇の登場

桃園宮《とうえんのみや》内親王那子《なこ》さまを主役とする『女皇の帝国』シリーズは、読者からの反響が大きく、おかげさまで長く書き綴《つづ》ることができました。

第一部はワニノベルス（ＫＫベストセラーズ）より二〇〇七年六月から二〇一〇年十月にかけて本編六冊、外伝二冊が刊行され、第二部は朝日ノベルズ（朝日新聞出版）に移籍したうえで二〇一一年に三冊が発売されています。

合計すると十一冊。僕が上梓した小説のうち、一割以上を占めているわけで、名実ともに代表作のひとつと言ってよいでしょう。

お話はベストセラーズのマツモリ氏より頂戴しました。出版プロデューサーが用意した企画書を読み、書けるかどうか判断せよとのご依頼です。

Ｇノベルスで、萌え戦記を数冊ものにした僕の手腕に期待しての起用でしょうから、こっちも全力で取り組みました。

結果的に、立ち上げから実際に発売されるまで一年以上かかりました。

理由は複数ありますが、企画書の大幅な見直しを僕が提案したことが大きかったと思われます。

事前に用意されていたそれは、かなり精緻なものでしたが、ラストが明確になっておらず、企画書のままだと十数巻にも及ぶ大作となること必定《ひつじょう》でした。

それだけ書かせてくれると約束してもらえれば、喜んで執筆しますが、当時のワニノベルスが置かれていた状況を考慮すれば、一巻打ち切りも十分にあり得たのです。

中途半端な格好で物語が終わるのは、作者にとっても読者にとってもいちばんの不幸。それだけは回避しなければなりません。

　よって、主役の内親王那子さまと数人のキャラクター、そしてソ連軍による日本占領という設定だけ拝借し、残りはほぼ全部僕がリビルドしました。

「昭和ならぬ光文*の御代《みよ》に、史実よりも極悪なソ連軍が帝都東京を急襲。内親王である桃園宮那子さまは皇室御召艦《おめしかん》〈銀河《ぎんが》〉に将旗を翻《ひるがえ》すや、自らもオートジャイロ〝海兎《かいと》〟の操縦桿を握って戦線に参入し、アメリカと実質的な対ソ軍事同盟を締結するや、日本本土奪回を試みるのであった……」

　大凡《おおよそ》のストーリーを記すと真面目な展開に思えるかもしれませんが、ハルゼー提督は那子さまの大ファンになるわ、ファースト・レディのエレノア・ルーズベルトは旦那を蹴飛ばして女性初の大統領に就任するわ、氷山空母は合体するわ、スターリンは戦車で突撃して那子さまとタイマン勝負するわと、本当にやりたい放題でした。

　大真面目な顔で噴飯モノの話を書くのが僕の真骨頂なので、そういう意味では最高の題材だったと思います。

光文
大正の次の元号として候補にあがっていたもののひとつ。東京日日新聞による誤報事件で有名。

編集サイドから、架空の世界とはいえ皇室を扱うセンシティブな内容に、批判*が殺到するのではないかと危惧する声もありましたが、それは杞憂《きゆう》でした。のちに判明したところでは、ワニノベルスの後期作品群のなかでいちばんセールスがよかったとのことです。一巻は重版もかかりました。

残念だったのは劣勢を逆転できなかったことです。実のところ、ワニノベルスは末期戦を演じている最中であり、『女皇の帝国』の最終巻である第六巻が発売されてから間もなく、刊行を中止してしまいました。

戦術的勝利を収めたところで戦略的劣勢を挽回《ばんかい》するのは、やっぱり困難だったのです。

結果論ですが、もうひとつ反省しなければいけない点があります。

この作品を梃子《てこ》にして、萌え系架空戦記の裾野《すその》をどんどん広げていかなければならなかったのに、それができなかったことです。

追随する作品は複数出ましたが、いずれも『女皇の帝国』の域に達する売り上げは残せず、打ち切りに近い形で終幕を迎えたものもありました。

批判が殺到
これを見て文句を言うようなひとは、そもそも架空戦記なんか存在も知らないから大丈夫だと説得しました。

これは『女皇の帝国』のインパクトがあまりに強すぎたためでしょう。言ってしまえば、ゲームの初《しょ》っ端《ぱな》に内親王というジョーカーを出してしまったために、ほかが霞《かす》んでしまったのです。

欲を言うなら、あと少しシリーズが続いていたならばと夢想します。第二部を書いた二年後に『**艦隊これくしょん**』*が稼働を開始したからです。

ご承知のとおり『艦これ』とは近年もっとも成功したブラウザゲームであり、これほど軍艦という存在を世に知らしめてくれたツールはほかにありません。

不幸にして当時、架空戦記は斜陽の時期であり、『艦これ』の興隆を指をくわえて眺《なが》めるしかなかったのは無念でございました。

もちろん、ないものねだりにすぎません。『艦これ』のプレイヤーは『艦これ』が好きなのであり、架空戦記に深い興味など持たないと判断すべきでしょうが、乗るしかないビッグウェーブに乗り損ねたのは、業界的にも不幸だったと反省しなければなりません。

作者の問題だけではありません。送り出すほう、つまり出版社にも脆《もろ》さが生じ

艦隊これくしょん
意外でしょうが、僕はブラウザゲームをしないと誓いを立てているため、未プレイです。PSVITA版の『艦これ改』はプレイしました。

ていました。

この頃から架空戦記をきちんと扱える編集者が極端に減っていたのです。部署の異動や転職、引退だけでなく、逝去《せいきょ》されたひともおられます。ノウハウの継承は編集者の仕事のひとつなのに、それをこなしている出版社は本当に希有《けう》です。現在、僕よりも若い編集者で、架空戦記を捌《さば》けるひとは天然記念物なみにレアでしょう。

架空戦記の読者は高齢化が進みつつありましたが、編集者はそれに輪をかけて高齢化が進んでいたわけです。『艦これ』ブームを捉《とら》え損ねたのは、そこに原因があったように思われてなりません。

しかし、『女皇の帝国』でワニノベルスの掉尾《とうび》を飾れたことは、僕にとっては幸運でしたし、デビューさせていただいたＫＫベストセラーズにも多少は恩返しができたかなと考えています。題材と読者に恵まれた幸せな作品でした。

なお、那子さまは三部構成であり、第三部の下準備も完了しています。ご興味のある出版社の編集者さま、ご連絡をお待ちしております！

批評への心構え

まず最初に、救済の文献を。

僕の敬愛する筒井《つつい》康隆《やすたか》[*]先生の『**乱調文学大事典**』（角川文庫）巻末付録の「あなたも流行作家になれる」の第七講に、こんな言葉があります。

「批評とは、作家が読んで創作活動に応用すべきものではなく、作家が、作家としての営業活動に利用すべきものなのだ」

けだし至言《しげん》であります。この本の第七講は、まるごと批評に対する心構えで、傷ついた小説家にとって救いのバイブルとなっています。どうかご一読あれ。

一度世に出てしまった以上、その作品の評価は読者に委《ゆだ》ねられます。編集者は売り上げに目を光らせていればよいわけですが、小説家は違います。どうしても批評がちらついてしまうものです。

けれども、ここでひとつ忠告しましょう。あなたがよほど強い心臓をお持ちで

筒井康隆　もはや紹介など不要な文学界の巨人。四十年間ずっと魅了されっぱなしです。

ないかぎり、自分の本の感想を検索するのはやめたほうがよろしい。

　古今東西を問わず、褒《ほ》め言葉より悪口のほうが伝わりやすいのは世の常です。匿名《とくめい》で書ける場合はなおさらです。

　批評もまた批評される対象である以上、名前があれば常識のリミッターがかかりますが、匿名を責任放棄できる特権と勘違いした輩《やから》は、自分の価値観に根拠のない自信を抱いている場合が多く、少しでも己の理解の範疇《はんちゅう》を飛び出していると容赦《ようしゃ》なくぶっ叩《たた》いてきます。そんな声にいちいち惑わされていたら、小説なんて書けなくなってしまいます。

　とは言うものの、やっぱり気になりますよね。もしかしたら絶賛されているかもしれないという誘惑に抗《あらが》えるひとは少数派でしょう。

　結果として小説家はエゴサーチ*の達人になります。ありとあらゆるサーチエンジンの扱いに熟達し、ＡＭＡＺＯＮのカスタマーレビューと読書メーターを常時チェックし、ＳＮＳとＩＦＴＴＴ*を連携させて自分の名や作品名を定期的に検索してヒットと同時にメールでスマホに転送する、なんて離《はな》れ技《わざ》まで自由自在にこなせるようになるはずです。

エゴサーチの達人
お前のことだろうって？　そのとおりです。俺のエゴサーチ・フォルダーが火を噴くぜ！

ＩＦＴＴＴ
イフトと読む。各種Ｗｅｂサービス連携ソフト。

ネットは広大です。絶賛もあれば悪評もあります。

悪名は無名に勝ると申しますが、小説家も人間なので、褒められりゃ嬉しいですし、貶《けな》されれば悲しいです。

ここでは最高に嬉しかった書評と、死ぬかと思った酷評をご紹介しましょう。

僕が〝*と学会〟の存在を知ったのは大学にいた頃で、最初に読んだのが『**トンデモ本の逆襲**』でした。

最初はオカルト関連書籍の批判本かなと思いましたが、「ハルマゲドンを笑い飛ばしてベストセラー」の惹句《じゃっく》のとおり、怪しげな本にツッコミを入れつつ紹介していくといった体裁《ていさい》で、一気に魅了されました。

それ以降は、と学会の関連本が出るたびに購読し、SF大会では会長（当時）の*山本弘《やまもとひろし》さんのブースに直行するなど、ひとりのファンとして大いに楽しませてもらいました。

その頃は夢にも思いませんでしたよ。まさか自分の本がトンデモ本として取り上げられるなんて……。

と学会
略称ではなくこれが正式名称。世間のトンデモ本を品評する団体。設立は一九九二年。

山本弘
SF作家。元と学会会長。代表作に『神は沈黙せず』『MM9』など。

二〇〇四年の八月。知人から「君の本が、と学会の新刊に載ってたよ」と聞いたときは、口許《くちもと》に乾いた笑いしか浮かびませんでした。

しかも取り上げられている本が『**超時空戦闘艦〈大和〉 飽食戦線ガダルカナル**』（白石書店）というではありませんか。

まあ、トンデモ本としての資格は十分すぎる内容でしょうが、こりゃクソミソに馬鹿にされているに違いない。できれば無視するのが、精神衛生的に健全かもしれません。

でも、と学会の大ファンとしては見過ごすことはできません。そこで『**トンデモ本 男の世界**』（扶桑社）をＡＭＡＺＯＮで取り寄せたわけですが、届くまでの四十八時間は戦々恐々としておりました。目次で自分の名前を見つけたときは、もう吐きそうでした。

ところがですよ。*植木不等式《うえきふとうしき》さんによる『超時空戦闘艦〈大和〉 飽食戦線ガダルカナル』の解説は、実に的《まと》を射《い》たモノだったのです。

軽妙な文章で、おもしろおかしく紹介されてはいますが、僕の意図を読み取ってくれたうえでの好意的な紹介でした。

植木不等式
サイエンスライター。と学会は二〇〇九年に退会。

トンデモ本のコンセプトは「作者が意図する点とは違う意味でおもしろい」というもの。その要件を満たしていないのではと心配になったほどです。と学会の本は、同人誌を含め多数保有していますが、『男の世界』は僕にとって大切な一冊になりました。植木不等式さんには感謝しかありません！

でまあ、ツライ思い出のほうなんですが、こちらは語るも涙でして……。

幼年期よりSF読者だった僕は、早川書房のイデ氏より執筆依頼を受けた際は光栄に感じると同時に、相当なプレッシャーを抱きました。

SF読者は目が肥えた煩型《うるさがた》が多く、期待に沿わない内容であれば辛辣《しんらつ》な声が飛んでくることを感覚的に知っていたからです。

いろいろと草案を練った結果、軌道エレベータを題材にした近未来アクションの物語を構築しました。アーサー・C・クラークの『**楽園の泉**』*が生涯ベスト級に好きな作品であるため、そのオマージュもふんだんに盛り込みました。

ただし、発表される媒体《ばいたい》が最後まで決まらず、内容に振り幅があったのも事実です。ハヤカワ文庫JA、もしくはハヤカワSFシリーズの二択でしたが、そ

楽園の泉
軌道エレベータを扱う小説では傑作中の傑作。まだ読んでないひとが羨ましいです！

れぞれ読者層が違うため、展開や文体など微調整したかったのですが、結果として見切り発車になってしまったのが少し無念でした。

二〇〇八年七月にハヤカワＳＦシリーズの一冊として発売された『**マザーズ・タワー**』は、僕が日本ＳＦ作家クラブに入会が認められるきっかけとなった一冊であり、個人的には大切な作品です。

ただし、批評は賛否両論でした。とある新聞の書評欄では好意的に紹介されたいっぽう、荒唐無稽《こうとうむけい》とのお叱りも強かったように思います。

ハヤカワ文庫ＪＡから文庫で発売される可能性が高いと思い、ジュブナイル色を濃くした作風にまとめましたが、それが裏目に出てしまったようです。

その指摘でいちばんキツかったのは、月刊書評誌『本の雑誌』で拙著を取り上げてくださった大森望《おおもりのぞみ》さんの批評でした。

大森氏は日本屈指の翻訳家であり、偉大な書評家であり、ＳＦ小説の価値を何段階も引き上げてくれた大変な功労者です。

もちろん僕も訳書を何冊も購読し、これほど叡智《えいち》を極めたひとがいてくれるのは日本の文壇の財産であると尊敬しておりました。

それで大森氏による『マザーズ・タワー』の書評なんですが、現在では『21*世紀ＳＦ１０００』という文庫（早川書房）に収録されていますから、ご興味のある方は探してみてください。

一言でいえばボコボコです。いやあ、尊敬していたひとに殴《なぐ》られるのは、惚《ほ》れた女に嫌われるよりも五億倍はツライものですね……。

もう駄目だ。アカン。一生立ち直れない。筆を折ろうかと本気で思いました。

そうしなかった理由ですが、別にトラウマを克服《こくふく》したからではありません。

当時、ちょうど家*を建てようと計画していた真っ最中でして、廃業は即破産に直結する状況だったのです。

自由業は収入がなくなれば不自由業。小説にしがみついて生きていくと決めた以上、ほかの収入源など確保していません。

僕は経済的理由から以後も節操なしに書いて書いて書きまくる人生を選び、根気と根性のみで乗り切る決断を下しました。

21世紀ＳＦ１０００
同書４４３ページ参照のこと。

家を建てようと～
それまで狭い団地に三十五年間も住んでましたが、ついに本を置く場所がなくなってしまったのです。

この執筆漬けの生活が永遠に続くと信じ、疑いもしませんでしたが、ある日、唐突に筆を（一時的にとはいえ）手放すことを余儀なくされました。

体が資本という大原則を忘却していたツケが、押し寄せてきたのです。

健康こそ執筆の燃料

青山智樹《あおやまともき》、砧大蔵《きぬただいぞう》、中里融司、谷恒生《たにこうせい》、田中文雄《たなかふみお》、そして佐藤大輔《さとうだいすけ》に高貫布《たかぬきのぶ》士《ひと》。

いずれも著名な架空戦記作家ばかりですが、残念なことに全員が故人です。皆さん、若くして世を去ってしまいました。

ほとんどが病没ですが、僕は戦死に近いと思っています。もう少し健康に気を使ってくだされば、より多くの傑作を世に残してくれたはずの偉材ばかりです。書き手の何割かが、早々に靖国《やすくに》へと旅立ってしまったのは、架空戦記が斜陽になった一因だと断じてもよいでしょう。

僕が健康を意識するようになったのは、日本ＳＦ作家クラブに僕を推薦してくださった中里融司さんから、大腸癌《だいちょうがん》を患っていると伺ったときです。恩人が闘病中という事実に、僕も他人事《ひとごと》ではないと思い、健康診断を積極的に受診するようになりました。そうした意味でも、故中里先生には感謝しかありません。

そして二〇一五年六月の受診結果で、胸部に異物が見つかりました。

ちょうどその頃、ＰＣゲームの『**装甲悪鬼村正**』*（ニトロプラス）の外伝こと『**宇宙編**』（星海社）を脱稿したばかりであり、「もしかして村正《むらまさ》の呪いでは？」と身震いしたことを憶えています。

ＣＴ検査の結果、胸腺腫《きょうせんしゅ》との診断を頂戴し、七夕《たなばた》の日に手術と相成りました。素晴らしい外科医の先生による執刀の結果、腫瘍《しゅよう》の摘出に成功し、二週間で退院できたのは助かりました。

入院中にも容赦なくゲラが届きましたので、ベッドの上でチェックしたのも、いまとなっては思い出の一ページです。

幸いにして抗癌剤や放射線治療の必要もなく、入って二年弱しか経過していな

装甲悪鬼村正
善悪相殺の呪いをかけられた劒冑「村正」を巡る架空戦記風味のノベルゲーム。奈良原一鉄の脚本が本当にすごい！

かった癌保険も適用されたため、悪いことばかりじゃないぞと自らを慰《なぐさ》めておりました。

あとは再発しないことを祈りつつ、どうにか日常を取り戻したとき、いきなり合併症に悩まされることになったのです。

八月の終わりになって、舌がうまく回らず、声が出しにくくなりました。

胸腺腫の関連情報に目を通していたため、すぐに重症筋無力症の症状だろうと見当をつけ、病院に駆け込んだところ、やはりその診断を頂戴し、即入院となりました。

重症筋無力症ですが、年配の方なら*萬屋錦之介《よろずやきんのすけ》さんが罹患した病気と言えばピンと来るかもしれませんね。

厚労省指定の難病でして、日本全国で患者数は三万人弱。症状としては極端に疲れやすい、首が動かない、声が出ない、二重に見える、表情が作れない、嚥下《えんげ》障害などがあります。重篤《じゅうとく》化すれば呼吸困難となり、命にかかわります。

僕が困ったのは、眼瞼下垂《がんけんかすい》が始まり、左の瞼《まぶた》が満足に開かなくなってしまったことです。これではパソコンの画面をまともに見られません。しだいに起きてい

萬屋錦之介
言わずとしれた大スター。五十歳で重症筋無力症を発病するも、リハビリ後に役者として復帰。

られる時間が減り、横になることが多くなりました。

しかし、僕には執筆をやめるという選択肢はありませんでした。ベッドにひっくり返ったまま、フリック入力の練習をしていたものです。

スマホなら、右目と右手が動けば、まだなんとか書けますから……。

……とまあ、いろいろと悲壮を極めた調子で書いておりますが、現代の薬学はすさまじいまでの進化を遂げており、重症筋無力症が原因で死に至るケースは少数とのことです。

僕も一時期は何を食べても鼻から逆噴射し、薬も飲みにくかったのですが、三週間ほど投薬量を決めるために入院した結果、どうやら日常生活が送れるまで復調しておりました。

そして半年もしないうちに、以前と同等のスケジュールで仕事ができるまでに回復したのです。モニターと長時間にらめっこしていても平気ですし、結局、フリック入力は大して上達しませんでした。

重症筋無力症は完治こそ困難ですが、幸いにも僕は寛《かん》解《かい》を維持することができております。症状さえ出なければ執筆はできます。薬は一生服用しなければいけないようですが、小説が書けるのであれば負担にはなりません。

復職（?）した二〇一六年から五年間で、上梓できた本は十五冊。

一時期に比べてペースこそ落ちましたが、どうやら再起動は成功したと考えていいはずです。


何事もそうですが、体が資本です。特にエンターテインメント系の小説を書くのであれば、体の不調は作風*にもろに出ます。

また体調を崩《くず》すと量産が難しくなります。書店にあなたの新刊が長期間並ばないようだと、読者はいつしかあなたを忘れてしまうでしょう。

これは文字どおりのサバイバルです。生き残った者が勝者たる資格を得るのであれば、体と心を大切にする必要があります。

肉体の不調だけでなく、精神の不調も大敵です。心の病で書けなくなってしまった小説家はごまんといます。

僕はセラピストではないので明言はできませんが、映画を観て、音楽を聴い

作風に～

純文学であれば、病んだ小説家の作風がマッチする場合もあるが、エンタメ小説では逆効果だと思います。

て、ゲームをプレイして、そしてなによりも小説を読んで刺激を受け続ければ、精神的な老いは防止できるはずです。

結局のところ、小説家としてのサバイバルの極意は、肉体と精神の調和という一点に集約されるのかもしれません。

コロナに殺された架空戦記

「……時に西暦二〇二X年。世界はν《ニュー》コロナウイルスの惨禍《さんか》に見舞われていた。数年前に根絶した旧コロナウイルスを凌駕《りょうが》する恐ろしい新種だ。流出源は中国の武漢ウイルス研究所の公算が濃厚であり、英国情報部は証人の身柄を確保したが、中南海はこれを捏造《ねつぞう》と否定。台湾沖を遊弋《ゆうよく》中の空母〈プリンス・オブ・ウェールズ〉へと脱出した証人を〝空母キラー〟こと東風26Bで爆殺した。

ここに英中は全面戦闘に突入。のちに第三次アヘン戦争と呼ばれる戦乱の始まりである。

出撃する米第七艦隊。防衛出動に踏み切る海上自衛艦隊。いつものように火事場泥棒を狙うロシア。いま中共VS全世界の明日なき最終戦争が惹起《じゃっき》する！」

とまあ、そういった近未来架空戦記を書いてみたいものですが、コロナでなにもかもが足踏みを余儀なくされている現状を思えば、まだ先の話になりそうです。

外出自粛が叫ばれるなか、小説家は四六時中家で原稿を書くのが仕事なため、影響*はないだろうと思われるかもしれませんが、答えはノーです。観光や外食産業ほどではないにしても、出版業界もコロナによって大きな影響を受けました。当初、出版界は巣ごもり需要も相まって案外儲《もう》かっていたそうです。特に児童用の絵本や学生向けの参考書などは特需だったとか。

状況が反転したのは二〇二〇年四月七日（奇《く》しくも戦艦〈大和〉が沈んでから七十五年目の命日です）に出された一回目の緊急事態宣言でした。

僕にとって、これは最悪のタイミングでした。『**ラバウル要塞１９４３タル**

影響はない～ 個人的に映画を観に行けないのがいちばんツライです。もう十八カ月も映画館に行っていません。「テネット」も「シン・エヴァ」も「宇宙戦艦ヤマトという時代」も全部諦めました。

サ作戦発動！』（経済界）が四月九日に発売される予定だったのです。

大型書店が軒並《のきな》み休業を余儀なくされたのが致命的でした。

読者が新刊の情報を仕入れる最高の情報源は本屋であり、そこはショーケースの役割も兼ねています。閉店状態では新刊が出たかどうかもわかりません。ＳＮＳなどで宣伝に努めても焼け石に水でした。ネット書店などで積極的に購入してくださったファンには、本当に頭が下がります。

結果として僕の新刊は人目に触れる機会がなく、「販売不振」という不名誉な称号を頂戴してしまいました。コロナ禍では健闘したほうですが、経済界が期待する数字には届かなかったのです。

残念だったのは、これをきっかけに経済界がリュウノベルスの打ち切りを決定してしまったことです。

強調しておきたいのですが、リュウノベルスは単体では黒字でした。利幅は、さすがに全盛期に比べればささやかですが、他部門の足を引っ張ったりする収益ではなかったはずです。

経済界は出版部門以外に、各種セミナーが収入源のひとつになっていました。

コロナでそれがまったく開催できなくなり、悪《あ》しき余波がリュウノベルスに及んだというのが本当のところです。

社長さんの鶴の一声で打ち切りが決まりましたが、七月に『**ラバウル要塞1943（2） 竜巻作戦発動！**』を発売できたため、ひとまずシリーズ*を完結できたのは不幸中の幸いでした。

リュウノベルスが討ち死にした結果、架空戦記を発刊しているのは中央公論新社とコスミック出版（および子会社の電波社）だけとなっています。

この賢明なる両雄には、どうか最後まで生き残ってもらいたいものです。

そして架空戦記の読者にも生き残ってほしい。本心からそう思います。滅び行くものに対する愛着と惜別《せきべつ》の念を抱いて読み続けてくださったファンの方々に感謝すると同時に、架空戦記そのものが敗者復活を果たす日まで、どうか読書という素晴らしい習慣を続けていただくことを、願ってやみません。

突き詰めれば、太平洋戦争を扱った架空戦記とは、大いなる敗者復活戦なのですから。

シリーズを完結
当初六月で打ち切り予定でしたが、すでに八月の発売分まで表紙や本稿ができあがっており、これを中止にすると違約金が発生するため、八月まで延長。

あとあがき　――君は修羅場の涙を見る

架空戦記は、コロナという予期せぬ伏兵《ふくへい》によって息の根を止められようとしています。

出版界全体を通じては、復調の兆《きざ》しが見え隠れしていますが、娯楽がここまで多様化してしまった現在、架空戦記に大きなスポットがあてられることは、もう考えにくいでしょう。

では、架空戦記は完全に消えてなくなるのでしょうか？

いいえ、そうは思いません。意外なほど長い歴史を持つジャンルだからです。

大正から昭和初期にかけて、米英では『**日米開戦未来記**』や『**太平洋大海戦**』*といった近未来をシミュレーションする小説が書かれていますし、日本でも同時期に同様の『**日米未来戦**』『**次の一戦**』といった作品が発表されています。

それから一世紀以上が経過したわけですが、何度か波はあったものの、命脈はしっかりと受け継がれてきました。この流れはそう簡単に途絶えたりはしないでしょう。

太平洋大海戦
ヘクター・C・バイウォーター著。一九二五年作品。再刊されているため比較的入手は容易。

現在、架空戦記はいわゆる末期戦を戦いつつあります。フィナーレは近いですが、まだカーテンコールが残っているはずです。

不幸にして尖閣《せんかく》諸島や台湾がきな臭くなっているため、近未来予測小説の亜種として再興する可能性がなくもありません。

これは不謹慎でしょうか？　いいえ、そうは思いません。

戦争も殺人も不倫も、実行するものではなくて紙上で読むものと割り切れば、社会的な実害は逆に小さくなるはずです。

僕は昭和四十四年生まれで、今年（令和三年）で五十二歳になりました。

オッサンもいいところですが、現役で活躍している架空戦記作家のなかでは、これでも最年少*なんです。

最低でもあと三十年は書きたいという野望を抱いていますが、それが実現した暁《あかつき》には、ひょっとして架空戦記作家のアンカーになってしまうかもしれません。

僕が架空戦記の死に水を取るようなことがないように、若い書き手の奮起を大いに期待したいところです。

最年少
先輩は書かないひとが増えましたし、後輩も何人かいましたが、みんな書くのをやめてしまったんだよなあ…。

架空戦記だけにとどまりません。出版業界は常に新人を欲しています。

これまで僕が実践してきたサバイバル術を披露してきましたが、熟慮のうえ、応用していただければ、きっと生き残りの一助になるはずです。


大部分の小説家は悲しいかな**億は稼げません**[*]。けれども、多少の生活費と敬愛の念は稼げます。

努力がことごとく報《むく》われるのであれば、こんなに嬉しいことはありませんが、なかなかそうならないのが世の常。修羅場を重ねた労苦が徒労に終わり、編集者からは無視され、読者から罵倒《ばとう》される未来が待っているだけかもしれません。

そんな思いをしてでも書きたいですか？

書きたいはずです。この本を、ここまで読み続けてきたあなたなら、茨《いばら》の道の先に栄冠を欲していることでしょう。

よろしい。ならば筆を取れ！


（おわり）

億は稼げません
ぜひとも億を稼いでこの本は嘘だったと喧伝してください！

ほんとうのあとがき　謝辞　――あなたに紙のお恵みを

処女作を世に送り出してから二十年も経《た》つと、業界の端っこにいるこの身からでも出版界の実像が見えてくる。

デビューと同時に使い捨てにされる新人作家のなんと多いことか。その救済を目的とする指南書の必要性は感じていたが、よもや自分が執筆することになるとは想像もしていなかった。

今回、エムディエヌコーポレーションよりお話を頂戴したとき、最初は躊躇《ちゅうちょ》した。泡沫《ほうまつ》作家にすぎない僕が扱う題材にしては、あまりにも僭越《せんえつ》すぎる。そう思えてならなかったのだ。

しかしながら、担当編集はマツモリ氏である。本書を読了された方なら、ご記憶であろうが、僕のデビューをあと押しして下さった大恩ある編集者で、拒否権など最初からあろうはずもない。

形になった本書の評価は読者に委《ゆだ》ねるしかないが、形にできたのはマツモリ氏の尽力があったればこそである。深く感謝したい。

また、カタカナとはいえ、実名表記にご賛同いただいた編集各氏にも謝意を述べたい。当初こそすべてイニシャルの予定であったが、「ホンマはそんな編集なんかおらへんのやろ」との声が出るのは確実であったため、各氏に許可を頂戴したあと、今回のような形でご登場していただいた。

どうしても連絡の取れなかった編集者の方々は、やむを得ずイニシャルを交《まじ》えての表記となった。関係諸氏のご寛恕《かんじょ》を願うしだいである。

超多忙のなか、素晴らしいイラストを提供してくれた*速水螺旋人《はやみらせんじん》先生と、装丁担当のｔｏｂｕｆｕｎｅの小口さん・畑中さん・阿部さん、そして最高の解説を用意してくれた*榎本秋《えのもとあき》さんにも深謝したい。

もちろん、読者のあなたには最大級の謝辞を。

本書が執筆の一助となり、生き残る若い作家がひとりでも増えたなら、これに勝る喜びはない。

令和三年十月三十一日

吉田　親司

速水螺旋人
漫画家兼イラストレーター。代表作に『大砲とスタンプ』『男爵にふさわしい銀河旅行』など。

榎本秋
文芸評論家。歴史関係や創作術の著書多数。本名の福原俊彦で小説も手がける。

解説　――たとえ、億は稼げなくとも

榎本　秋（作家・文芸評論家）

本書は二〇〇一年に『新世界大戦ＥＰＩＳＯＤＥⅢ　ＡＣＴ：１　赤土の皇国』で小説家としてデビューして以来、架空戦記・ライトノベルなどエンタメ小説で活躍してきた吉田親司氏（以後、吉田氏）が、自らの経験をもとに「いかにして小説家としてデビューするか」「いかにして小説家として食っていくか」（そしてそのためには別に億を稼がなければいけないわけではない、という気づき）を記した本である。

本項では、小説の編集や専門学校での講義、小説執筆ハウトゥー本の制作、さらには本名（福原俊彦）名義での小説執筆などを行なってきた（実は架空戦記も長年愛読してきた）私の視点から、本書の紹介をしていきたい。

なお、本題に入る前に一つ解説すべきことがある。架空戦記（仮想戦記とも）は歴史上に実在した戦争を題材に、「この時、指揮官がこう決断したら結果は変わっていたのではないか」「こんな兵器が実用化されていたらどうなっていただろう」などといったＩＦ（もし）を問いかける物語ジャンルだ。戦国時代と第二

次世界大戦の時代のどちらかが舞台になることが多いが、前者のケースは近年あまり見られなくなった。

そのＩＦはあくまで現実的な範疇《はんちゅう》にとどまることもあるし、ＳＦ的もしくはファンタジックな要素が盛り込まれることもある。たとえば、本文中でも触れられている吉田氏の著作『超時空戦闘艦〈大和〉飽食戦線ガダルカナル』では、現代の船が第二次世界大戦の時代にタイムスリップする、というのが大きなギミックになっているのだ。

では、改めて本書の解説を。本書には小説家志望者に向けたハウトゥー本という性質ももちろんあるのだが、単純に吉田氏の波瀾万丈の作家人生がとにかく面白いので、まずは欄外の解説とあわせながらエッセイとして楽しんでほしい。特に第５章で紹介される数々の最悪編集者たちはひとごとなら笑えるはず。なお私は出版業界にいる人間であるため、似たような話を聞いたことがあり、乾いた笑みを浮かべてしまった。

その上で、本書はプロ小説家としてデビューしたい、食べていきたいと考えている人にもすごく役立つ本である。

いま、小説家という職業はなかなか厳しい状況にあると言わざるを得ない。小説雑誌などが多数刊行され、連載・短編掲載の仕事もあり、専業小説家が優雅に暮らせていたのは遙かに昔の話。出版社から提示される刊行部数も、そこから計算される作家の取り分（印税）もどんどん下がり、それどころか「デビューはしたけれど二冊目を出させてくれる出版社がどこにもなく、そのまま実質的な廃業」などという話がまったく珍しくないご時世である。

こうなると、自然と兼業小説家が増えてくるものだ。新人賞受賞者が編集者から真っ先に受けるアドバイスが「今の仕事は辞めないでくださいね」だというのもよく聞く話。この点、吉田氏が二十年以上にわたって専業小説家として活躍し続けているのは素晴らしいことだ。

そんな吉田氏が、二〇二一年のベストセラーである松岡圭祐氏の『小説家になって億を稼ごう』を「近年まれに見る名著」として絶賛しつつ、「ちょっと鵜《う》呑《の》みにはできない」ところもあると首を捻《ひね》ることから本書は始まる。その上で、小説家として億を稼いでいない自分の立場から、億は稼げそうにないが小説家として生きていきたい普通の人々へ向け、愛にあふれたアドバイスが切々と書き連ねられていくのだ。

本書で語られる方法論はどれも役に立つものばかりだ。たとえば、「スカウトや持ち込みはきつい。新人賞を取るのがよい」という主張には心から賛成するし、私も同じようなことを専門学校の講義で話してきた。……実のところ、小説家としての私自身も新人賞ではないところからデビューしていて、苦労話はいろいろある。作品内容について何度も編集者と相談していたのに、突然「新人賞を取っていないからやはりダメ」「実績のある作家の榎本秋の原稿なら読むが、福原俊彦ならいつ読めるかわからない」と言われるなど、だ。

一方、創作論は信頼あるベストセラーに譲り、パソコンを二台持て、一太郎はいいぞ、バックアップは絶対、献本して取引先を増やせ——と、実際に仕事を取り、小説を書き、そしてまた新しい仕事を取ってきたプロの血を吐くような経験論に徹しているのも好印象だ。

特に、第3章で語られる、いかに編集者からのリメイク指示に立ち向かうかという教えは必見！　駆け出し作家の一番つらいところなのだ。私は指示する方もされる方も体験し、つらい思い出もある。その私から見ても、是々非々で対応しようという吉田氏の提案には大いに頷《うなず》けた。

最後に、まったく個人的なことを。吉田氏の作品はデビュー作から購入していた。スペースオペラと架空戦記が元々好きだったからだ。さらに御本人とも私がオンライン書店勤務時代にＳＦ大会で知り合うことができた。以後、作中に書いてあるように献本をいただいたうちの一人になる。

その後、編集の仕事をするようになった私は、朝日ノベルズで念願のスペースオペラ『天穹の英傑伝　ザ・マシンナリー・ライダー』や、「内親王那子様」シリーズの第二部『女皇の聖戦』を書いていただいた。富士見新時代小説文庫では初挑戦の時代小説『江戸詰め始末剣　闇蝙蝠』もお願いした。

そんなご縁になったのも、吉田氏が定期的に連絡をくださったからだ。そのような関係の中で執筆姿勢に感銘を受けていた私は、学科アドバイザーをつとめていた小説の専門学校で特別講義を依頼した。予想以上に実践的な内容で、いずれ氏のノウハウを本で読みたいと思っていたので、今回の話を聞いてとても嬉しかった。

昨年も学校で講義をお願いし、本年もお願いする予定である。打ち合わせからすでに面白くためになる話ばかりだった。

その講義の内容と同じく、本書で吉田氏が語ってくれる内容は、凄《すさ》まじく実用的なのに、なかなか他の本では探せない。デビュー後ならともかく、ただの小説家志望者の時点では、先輩のプロ小説家から聞く機会も多くないだろう。その意味で本書の内容は大変に貴重なものであり、是非小説家を目指す皆さんは本書を手がかりに、億は稼げないが精力的に活躍し続ける小説家になってほしい。

制作スタッフ

〔装丁〕　小口翔平＋畑中茜＋阿部早紀子（tobufune）
〔DTP〕　株式会社三協美術
〔編集長〕　山口康夫
〔担当編集〕　松森敦史

作家《さっか》で億《おく》は稼《かせ》げません

2021年12月1日　初版第1刷発行

〔著　者〕　吉《よし》田《だ》親《ちか》司《し》
〔発行人〕　山口康夫
〔発　行〕　株式会社エムディエヌコーポレーション
〒101-0051　東京都千代田区神田神保町一丁目105番地
https://books.MdN.co.jp/
〔発　売〕　株式会社インプレス
〒101-0051　東京都千代田区神田神保町一丁目105番地
〔印刷・製本〕　中央精版印刷株式会社

ISBN978-4-295-20231-8　C0095